新湖畔诗选（五）

沉默就是枯名

许春夏　卢　山／主编

浙江工商大学出版社
ZHEJIANG GONGSHANG UNIVERSITY PRESS
·杭州·

图书在版编目（CIP）数据

新湖畔诗选．五，沉默就是枯名 / 许春夏，卢山主编 . —
杭州：浙江工商大学出版社，2020.7
ISBN 978-7-5178-3960-6

Ⅰ．①新… Ⅱ．①许… ②卢 Ⅲ．① Ⅳ．①诗集—中
国—当代 Ⅳ．① I227

中国版本图书馆 CIP 数据核字（2020）第 121587 号

新湖畔诗选（五）：沉默就是枯名

XIN HUPAN SHIXUAN (WU): CHENMO JIUSHI KUMING

许春夏 卢 山 主编

策划编辑	沈 娴
责任编辑	刘 颖 沈 娴
责任校对	夏湘娣
封面设计	王妤驰
责任印制	包建辉
出版发行	浙江工商大学出版社
	（杭州市教工路 198 号 邮政编码 310012）
	（E-mail：zjgsupress@163.com）
	（网址：http://www.zjgsupress.com）
	电话：0571-88904980，88831806（传真）
排 版	杭州朝曦图文设计有限公司
印 刷	浙江全能工艺美术印刷有限公司
开 本	880mm×1230mm 1/32
印 张	10.125
字 数	244 千
版印次	2020 年 7 月第 1 版 2020 年 7 月第 1 次印刷
书 号	ISBN 978-7-5178-3960-6
定 价	49.80 元

顾　问：赵和平　吴　笛

主　编：许春夏　卢　山

副主编：双　木　胡洪林

编　委：尤　佑　北　鱼　余　退　敖运涛

　　　　马号街　双　木　许春夏　卢　山

记录和遗忘，以及一种诗歌写作的可能

卢　山

开自由之风，向湖山致敬。这一期的《新湖畔诗选》有别于前四期，这次我们精心策划了一本全国公众号诗歌选本。

新湖畔诗群立足于山水人文典范江南杭州，寄身湖山之间，汲取天地灵气，在寒冷而黑暗的夜晚，那些艰难跋涉的写作者抱团取暖，交换彼此的空旷和孤独。在诗歌式微和出版寒冬的文化环境下，作为一个相对松散的民间诗群，几年来我们克服各种困难，连续出版四期《新湖畔诗选》，在偌大的中国诗歌场域里发出一点湖山的声音。写诗一时爽，出版等三年，《新湖畔诗选》的蓬勃态势离不开诗人许春夏的坚持和各位编委兄弟的情怀、友谊。时至今日，任何民间社团和刊物的存在、延续，都必然离不开编者的精神与情怀。

新湖畔也是如此。理想和情怀如西湖上空的烟云和宝石山顶的星辰，诱惑着我们继续怀抱薪火向词语的腹地艰难跋涉。面向中国诗歌场域，建构一种开放、自由而健康的诗歌精神气象，试图恢复纯正的诗歌抒情传统，持续推动湖畔诗歌文化现象走向更加开阔的未来。我们坐拥江南的大好湖山，用这些从自然山水中采摘的诗歌，向伟大的诗歌写作传统献礼。

今天，诗歌写作面临一个全新而繁复的文化语境。这一期的诗选采摘了那些生长在民间诗歌土地上的精神之花，聚焦新时代诗歌写作新载体——诗歌公众号，试图以一己之力，"以偏概全"式地呈现中国公众号诗歌的全新面貌。从湖山回到互联网，我们的日常生活几乎完全被裹挟进全媒体所带来的话语便利和消费狂欢中，不管是我们的生活还是写作，都无法阻断与电子媒体的联系。网络文学平台、微信群之外，还有层出不穷的公众号，它们在诗歌书写和传播上涌出的"生产力"，不断涌入民间诗歌写作的集体现场，创造了某种意义上的诗歌"繁荣"景象。正如青年评论家马号街所说："这些来自五湖四海，又生活在五湖四海的爱好者，在种种制约下，拉着一杆或几杆枪，长期维系一个公众号的运转，其中有一股倔强、韧劲、野性。我爱这样的脾性。"

近年来诗歌公众号风起云涌的现象催生了诗歌写作的某种新的可能，这是一个百花齐放、百家争鸣的现场，但也是一个泥沙俱下、群魔乱舞的舞台。在网络这片相对真空的土地上，诗歌向大众敞开的同时，也必然产生辩证法的另一面的问题：诗歌质量的良莠不齐与诗歌事件的全民狂欢。或许这也是诗歌辩证法的一种吧：任何诗歌理论、技艺以及载体，都会在时代和形势的推动发展中呈现出或者蓬勃生长或者变形变异的特征。

相对于官方刊物的权威性、主流性和严肃性，披上"民间马甲"的诗歌公众号则显示出自由、灵活、多元的个性特征，至少它开辟和保留了当下诗人写作的一个公共话语空间。学者汉娜·阿伦特在《黑暗时代的人们》里指出了公共空间的重要性，她说："如果公共领域的功能，是提供一个显现空间来使人类的事务得以被光照亮，在这个空间里，人们可以通过言语和行动来不同程度地展示出他们自身是谁，以及他们能做些什么，那么，当这光亮被熄灭时，黑暗就降临了。"哈贝马斯认为，公共领域是由"私人"汇集而成的。公共领域是社会秩序基础上共同公开反思的结果，是对社会秩序的自然规律的概括。因此，从某种程度上说，诗歌公众号聚集了一群具有波希米亚精神的写作者，保留了词语和想象的公共空间。

21世纪以来，诗歌写作的派别意识几乎已经淡化消失，诗学主张也在沸沸扬扬的口水里化为沉寂。基于这样的时代背景，诗人整体上也处于一个相对自足和安稳的状态，索性与时俱进开辟诗歌公众号的良田百亩，漫不经心地经营着自己心灵的诗歌家园，诸如陈先发、朵渔等诗人都开通了个人公众号，刊发个人作品，可以说公众号此时相当于诗人自己的诗歌发言人。虽然有时候这种声音也只是孤芳自赏或者在有限的朋友圈里进行一轮轮的轰炸，但我想，对于一部分诗人而言，这可能更多的是纪念、存档和交流的意义吧。

具有民间特征的诗歌公众号的独立存在，为这些具有波希米亚精神的人提供了恣意言说的场所和氛围，并逐渐建立起他们的精神阵地，形成一种社会与文化的影响力。正是这种隐身"暗处"的民间力量，继续推动着中国诗歌走向新的可能。虽然这种公共空间看起来也是那么的岌岌可危，诗歌的微光和地火也有逐渐熄灭的危险。

现在我们以有限的力量推出这本公众号诗歌选本，当然也存在一叶障目、沧海遗珠的遗憾，但至少这种尝试不失为一种有效的探索，能为构建丰富多元的中国诗歌留下一份档案。正如马号街所言："它也许不是非常完善，却极富意义，开启了我们观望和切入中国当代诗歌生态的一道门。也许，很快就会有一堆人来到这个门口，认真领略眼前那缤纷广阔的世界。"

我想无论是互联网还是湖山，写作的载体总是在不断变化的，我们最终要彰显和抵达的依然是人性和人心。这几本诗选伴我走过了一段具有特殊意义的岁月。近两年来我急速步入中年，诸事左右为难，内心愤懑至极。骑电动车上下班路上，迎着寒风苦雨，穿梭于城市人群之中，颈项高昂，或大声歌唱《国际歌》《光辉岁月》，或激情吟诵《滕王阁序》《将进酒》《梦游天姥吟留别》，情到深处，声泪俱下，左右路人面面相觑，皆以为我是傻子。蛰居于宝石山下一民国建筑小黄楼，工作之余闭门潜心编撰诗选，也总算没有虚度时光。幸有一群湖畔诗友唱和，三杯两盏淡酒，慰藉平生忧愁。

新的一天有大河起伏，也有坏损的脊椎在节节败退。此时，庚子年的疫情还在蔓延，我们戴上口罩继续生活、写诗，为心中那点微光增添柴火。

写作为历史和生命做见证，而遗忘又让我们得以休养生息。不久后，我身后的这片大好江南湖山也该姹紫嫣红、游人如织了。

2020 年 3 月 4 日

写于疫情时期的杭州宝石山下

目　录

附　录 287

旗帜

　　本辑刊发国内著名诗人个人诗歌公众号作品。近年来诗歌公众号的蜂拥之势，涌现的海量文本，催生了新时代的诗歌"江湖"生态。在这片泥沙俱下的土地上，一些高质量、高水准、高品格的诗歌犹如沙漠之花，在溃疡的诗歌生态里昂然挺立、自由生长，彰显当下诗歌写作的某种可能。作为一种全新的写作载体，个人诗歌公众号已经成为当下最直接、最高效的诗歌发表、传播和阅读平台，参与着中国诗歌发展的新进程。一些优秀诗人的诗歌公众号显然已经成为其个人作品的第一发布平台，成为读者汲取精神思想的主要阵地。在相对式微的诗歌发表和出版环境下，这些倔强生长的诗歌公众号，给这个时代的诗歌写作带来了集束的光芒和丰富的补偿。

——主持人：卢山

公众号"追蝴蝶"

朵渔诗五首
朵渔

1973年出生于山东,1994年毕业于北京师范大学中文系,现居天津。曾获华语文学传媒大奖2009年度诗人奖、柔刚诗歌奖、屈原诗歌奖、海子诗歌奖等。出版有《追蝴蝶》《最后的黑暗》《危险的中年》《生活在细节中》《我的呼愁》《我悲哀地望着我们这一代人》等多部诗集、随笔集。

高原上

当狮子抖动全身的月光,漫步在
黄叶枯草间,我的泪流下来。并不是感动,
而是一种深深的惊恐
来自那个高度,那辉煌的色彩,忧郁的眼神
和孤傲的心。

智　者

刚才坐在我们中间的那个人哪里去了
他始终一言不发,像个沉默的智者

永远保持着一个无知者的谦卑
并通过聚拢一种呼吸所创设的宁静
让我们习惯性地将他忽略
当他离去，那空出来的位置越来越空旷
凭借这种空旷，我们认出他精神的领地

最后的黑暗

走了这么久
我们是该坐在黑暗里
好好谈谈了
那亮着灯光的地方
就是神的村落，但要抵达那里
还要穿过一片林地
你愿意跟我一起
穿过这最后的黑暗吗？
仅仅愿意
还不够，因为时代的野猪林里
布满了光明的暗哨和猎手
你要时刻准备着
把我的尸体运出去
光明爱上灯

火星爱上死灰

只有伟大的爱情

才会爱上灾难

危险的中年

感觉侍奉自己越来越困难

梦中的父亲在我身上渐渐复活

有时候管不住自己的沉沦

更多时候管不住自己的骄傲

依靠爱情，保持对这个世界的

新鲜感，革命在将我鞭策成非人

前程像一辆自行车，骑在我身上

如果没有另一个我对自己严加斥责

不知会干出多少出格的事来

尽量保持黎明前的风度

假意的客人在为我点烟

一个坏人总自称是我的朋友

我也拿他没办法……多么堂皇的

虚无，悄悄来到一个人的中年

　"啊，我的上帝，我上无

　片瓦，雨水直扑我的眼睛。"*

---

* 本句引自里尔克《马尔特手记》。

我歌颂穷人的酒杯

我歌颂穷人的酒杯，用黄土、红土
黑土抟成，盛米酒、黄酒、高粱酒
宴大舅、二舅、姑父、姨父、表叔
杀鸡、挖笋、抓鱼、蒸馍、煮肉
过午始饮，酒过三巡，开始商议
表姐的婚事、姑妈的病、二舅的腰
日近黄昏，大舅已醉，套上马车
发动摩托、登上三轮，众人散去
星光、大地，安谧的乡村，榆木桌上

散落着鱼骨、猪耳、鸡头、羊尾
几只酒杯歪斜着，那么热烈、谦卑。

公众号"撞身取暖"

张执浩诗五首
张执浩

1965年生于湖北荆门。《汉诗》执行主编，出版有诗集《苦于赞美》《动物之心》《撞身取暖》《宽阔》《欢迎来到岩子河》《高原上的野花》等。获人民文学奖、《十月》年度诗歌奖、华语文学传媒大奖2013年度诗人奖、陈子昂诗歌奖等。

地 窖

野菊花开了
昨天，我在野外看见了三朵
今天在地窖又见过一丛
我蹲在黑幽幽的洞口
伸出手，心不在焉地接着
父亲从地窖里递上来的红薯
每年的这个时候
地窖被打开
越过冬天的红薯将在春天里发芽
一些藤蔓慢慢往上爬
爬到高处的时候　它们
和我一样感觉头昏眼花

最好的时光

最好的时光是在早春的清晨
将醒未醒之间
身边的人起身离去
家里的人梳洗完毕
屋子在咣当一声之后悬在了空中
我在背后加上一个枕垫
我在梦过以后为梦续尾
花开花的
叶绿叶的
我想我的
最好的时光就在你浮现的瞬间
坐在户外石凳上的少女
被花爱上了
被绿叶簇拥着
一想到不想成人，她就激动不已

今日立春

阳光多好啊
这巨大的浪费

羞辱一般

还在持续

我站在窗边反复眺望

空旷的院落

无力的街市

连鸟鸣声也有气无力

客厅里的拖鞋

东一只西一只

走投无路的样子

真让人心灰意冷

过　道

停放在过道里的棺材我每年都会见到

活着的人送给自己的礼物

他自己不会轻易开封

小时候我装作没有看见它

见到后装作不认识它

要么想法绕开走

当再也绕不过去时

我开始向别人打听它是什么材质做的

我记得原木棺材上蒙过一块塑料布

后来又蒙过一块油毛毡

有天午后我穿过过道时看见

棺盖上停放着一只竹编的鸡窝
一只芦花鸡蹲在窝草里
警觉地望着我
阳光将一扇窄门的影子投射在走道尽头
另外一只芦花鸡在门口探头探脑

如果根茎能说话

如果根茎能说话
它会先说黑暗，再说光明
它会告诉你：黑暗中没有国家
光明中不分你我
这里是潮湿的，那里干燥
蚯蚓穿过一座孤坟大概需要半生
而蚂蚁爬上树顶只是为了一片叶芽
如果根茎能说话
它会说地下比地上好
死去的母亲仍然活着
今年她十一岁了
十一年来我只见过一次她
如果根茎继续说
它会说到我小时候曾坐在树下
拿一把铲子，对着地球
轻轻地挖

旗

帜

公众号"捕风与雕龙"

飞廉诗五首
飞廉

本名武彦华，1977年生于河南项城，毕业于浙江大学。著有诗集《不可有悲哀》《捕风与雕龙》，与友人创办民刊《野外》《诗建设》。获陈子昂诗歌奖、苏轼诗歌奖。

在北雁荡

宵霞路芙蓉宾馆，

凌晨醒来，残月如新月，想起郁达夫。

灵岩禅寺门前，

一个戴眼镜的中年僧人，坐在太阳下，

凿一块白石头。不远处，一树即将盛开的白梅。

我远远看了他很久，

天晴朗得我简直可以看清我前世的脸。

小龙湫上方的山崖，

我看到自己动荡的前半生

像一块落石，滚过荒草，灌木丛，惊飞了几只山雀，

消失在溪水里。

一块太湖石的往事

我原是太湖深处的一块水石，
无穷的岁月，我出没风涛，被水雕刻，
我目睹了无数大鱼的死，
我看见过范蠡扁舟上的炊烟……

是杭州造作局发掘了我，
是押送花石纲的青面兽杨志
把我带往那衣冠万国之城。
宣和五年，那李后主转世、才华绝代的
赵大官人，封我为侯，
把我安置在万岁山的西岭之上。
为了烘托我的悠远，
他修筑了巢云亭、清渐阁，
并在《瑞鹤图》上画出了他梦寐以求
的虚幻。

靖康二年，天翻地覆，风雪不止，
我随同落难的皇帝、
礼器、图籍，被掳到了燕京……

1898 年，岁在戊戌，

我的头滚落在颐和园的乱草之中，

我听到了那年轻皇帝

绝望的叫喊……

我就是王国维沉湖时抱着的那块石头。

在杭州

——写在戊戌年生日到来之前

东南行，我来到这青山水国二十一年了。

烟深水阔，这里山上葬着岳飞，

江底埋着伍子胥，

到处镌刻苏东坡的诗句。

和大多数人一样，我偏爱柳永的慢词，

迷信苏小小和白素贞，

日日徜徉在大好湖山，鱼忘于水。

海棠花开时节，雨淅淅沥沥，

落在伞上，像冯小青轻声读《牡丹亭》。

立夏的傍晚，蝙蝠乱飞，

抱朴道院的芭蕉正冉冉长成。

盛夏，万木茂密，

我听着蝉鸣抄写孟浩然，

衬衫湿成了水田。

我目睹了 2008 年的那场大雪……

穿着新衣，到处乱逛，
很多时候，我只是像个孩子，
提着杜甫的灯笼闹着玩，
尽管如此，我写下了《不可有悲哀》——
我的传道书，我的秋水篇。
我结识了三五个杰出的朋友，
在这梅雨天的江南，在这不可言说的时代，
我们体内的湿气和阴郁太重，
我们不停地喝酒，不停地写诗……

早秋忆曹丕颍河行军

玄甲闪耀日光，猛将胆气纵横，
旌旗数百里，大军南征。
他坐在船头，肚子隐隐作痛，
酒菜冒着热气，像我从小摊买来的一兜烧饼。
牡丹花开，大雪落下，
几个月水上行军，
在《三国志》只留下短短两行文字。
早秋午后，
颍河边，有一种全军覆没的寂静，
蝉惊飞树枝折断的寂静，
小时候天突然黑了我在河边大哭的寂静。
天上晴云杂着雨云，

有一片云，河目海口，忧心忡忡——
曹丕的幻象：
午睡被鹤唳惊醒，
他轻声对王粲说，只有文章是不朽的盛事。

冬日怀颍河

许由在流水里洗耳朵，
曹丕洗剑，
三十年前，吹着芦笛，我洗泥泞的脚。

此刻，在宝石山下吃红薯，我突然想到——
如果墨子活到七十三岁，
大概就是我父亲今天的模样，
如果墨子化身一条长河，
大概就是我家门外的这条颍河，
我则是父母从这条河里打捞上岸的一粒沙子。

出生在颍河边，
这构成了我今生最大的寓言。
年过四十，秋风在我的头上紧吹，
只有写出庾信的杰作，
才不辜负它数千年的长流。

公众号"黄灿然小站"

黄灿然诗五首
黄灿然

诗人、翻译家，福建泉州人，1978年移居香港。2011年获华语文学传媒大奖年度诗人奖，2018年获单向街书店文学奖年度致敬奖。著有诗集《游泳池畔的冥想》《我的灵魂》等，译有《里尔克诗选》《新千年文学备忘录》《为什么读经典》等。

在黎明中

我今年四十岁，一事无成；
结过两次婚，有两个孩子，
一男一女，都健康、漂亮，
他们分别跟了我两个前妻——
我甚至付不起抚养费。

这两年我又有过两个女人，
也都相爱然后分手，她们
像我两个前妻，精力旺盛，
总有忙不完的事情，还得容忍
我整天懒散，一事无成。

说来惭愧，虽然自己也讲不清楚

但我始终怀着美好又善良的愿望，
尤其喜欢在晚秋或早春，或任何时候
拉一张旧藤椅，坐在阳台上
不知不觉地消磨一个下午。

我勉强维持不算艰难的生活，
脆弱、消极，又惬意、清闲；
世界这么复杂，这么多苦难，
如果这是一个深渊，我得说
我要庆幸自己还只在边缘上。

我做过电梯维修员、搬运工、
包装工、校对、司机、水手，
都不长久，不热衷也不厌烦，
但始终怀着美好又善良的愿望，
尽管自己也说不清究竟是什么。

也许它就是那个画面，那个
时不时浮现心头的神秘幻境：
我站在黎明中，在幽暗里，
等待着，只是等待，而我背后
一线微光慢慢描出我的轮廓。

祖母的墓志铭

这里安葬着彭相治，
她生于你们不会知道的山顶，
嫁到你们不会知道的晏田，
丈夫娶了她就离开她，
去了你们都知道的南洋；
五十年代她去了香港，
但没有去南洋，因为
丈夫在那里已儿孙成群。

她有两个领养的儿子，
长子黄定富，次子黄定宝，
大媳妇杜秀英，二媳妇赖淑贞，
秀英生女黄雪莲、女黄雪霞、
男黄灿然、女黄满霞，
淑贞生女黄丽华、女黄香华、
男黄胜利、女黄满华。

七十年代她把儿孙们
相继接到香港跟她团聚，
九十年代只身回到晏田终老，
儿孙们为她做了隆重的法事，

旗
帜

二〇〇〇年遗骨迁到这里，
你们看到了，在这美丽的
泉州皇迹山华侨墓园。

世上幸福的人们，
如果你们路过这里，
请留一留步，
注意一下她的姓名，
如果你们还有兴致
读她这段简朴的生平，
请为她叹息：

她从未碰触过幸福。

来　生

我常常想，如果有来生，
我下一辈子就不做诗人了。
我不是后悔今生做诗人。不，我做定了。
我是带着使命的，必须把它完成。
但如果有来生，如果有的选择，
我下辈子要做一个不用思考的人，
我会心诚意悦地服务人群，不用文字，
而用实际行动：一个街头补鞋匠，一个餐厅侍应，一个替人开门提行李的酒店服务员。

我会更孝敬父母，更爱妻女，更关心朋友。

我会走更多的路，爬更多的山，养更多的狗，

把一条条街上一家家餐馆都吃遍。

我将不抽烟，不喝咖啡，早睡早起。

我可以更清贫，永远穿同一件外衣；

也可以更富裕，把钱都散给穷苦人，

自己变回清贫，永远穿同一件外衣。

一个拥有我现在的心灵和智慧

又不用阅读思考写作的人

该有多幸福呀。我将不用赞美阳光

而好好享受阳光。我将不用歌颂人

而做我所歌颂的人。

无 限

从凌晨三点，我重读帕斯卡尔，

一直读到天亮。他关于人的伟大和悲惨，

关于人的崇高和卑微，关于思想的宝贵，

关于有限和无限的论述，怎样使我的心灵

在黑暗中迸发出闪闪火花啊！我感到

我这好像来到高峰因而无望的生命

又有更高峰可以攀登，更大希望

可以追求，更多能量在身上涌动。

旗

帜

当我怀着这样的欢畅舒展四肢时，

我瞥见窗外的早晨，天边的朝霞，

我以为是我心灵的辉煌激发

我的视力和感受力。当我起身来到阳台上，

一个更宽广的世界，完全真实的无限

展现在我面前，我的心灵瞬间暗淡，

我的视力和感受力被淹没，下面鸡鸭场

鸡鸭在叫喊，林子里鸟儿在欢唱，

而帕斯卡尔的全部天才和深刻论述

已像刚才的黑暗，被我抛诸脑后。

母子图

在上班的巴士上，前面右边第一排

坐着一个高大、健康、英俊的少年，

他身边坐着一个三十多岁的女人，

显然是他母亲。他不时指点窗外的景物，

一边描述和评论。不是絮絮叨叨那种，

而是声音坚实，吐字清晰，听起来特别享受。

他母亲总是点点头，或低声回答，像情人一样。

她看上去非常普通，不惹眼，但因为她儿子，

你会愈看愈觉得她漂亮、美丽、迷人、性感，

她染了淡淡的赤色头发，一绺绺发丝

轻柔地散在颈上，一个大耳环偶尔摇晃一下

公众号"诗歌杂志"

赵卫峰诗五首
赵卫峰

"70 后",白族,诗人,诗评家。主编出版《中国诗歌研究》、《高处的暗语:贵州诗歌》、《漂泊的一代:中国 80 后诗歌》、"21 世纪贵州诗歌档案"系列丛书等。出版诗集、评论集、民族史集等多部。

石板路

随地可见,美容之迹已然常态
后来的它们如留守的土特产
被精心打造,被涌现,延伸
和民工同步,在城里
顺乎人意,弯曲腰身

它们不承担车轮,不在乎速度
在社区,风景区,旧城区
这些化整为零的山冈,石器
被水泥凝合,被技术堆砌
被时代的鞋底来回磨炼

贯城河以流动表明它的留下
石板路以留下表明它的流动

旗
帜

鸟鸣涧

鸟用翅膀扑空，使峰生动
以投影，试探一条流水的自在
和透明
鸟盘旋。用飞翔告诉
光天化日里的暗，并非一成不变

相对而言，峰是安详的
满身的草树体现自然的善
以及耐心：一条流水流啊流
在这儿翻身，在这儿飞跃
形成高潮，不是没有原因

鸟应该将这些都看在眼里了
但是从来没有人
能够从一只鸟的嘴里掏出秘密

阅人无数的鸟
显然比人更能藏得住事情

沿　途

沿途树枝
让我看到轻。

再轻的物
也有灰尘。

春风习习
让我看到优美的弯曲。

树枝的传统是
有风没风它都不耿直。

树枝的活法是由粗到细
这和树的开始不同。

这和人的后来不同
人在路上，痴心不是妄想。

人在路上，除了自问
没人会真正过问

和你有关的春风

和你有关的春风，很透明，也充满
很多的灰尘
那时，风尘不像现在这么团结
这么涌现。它们乖
按部就班

和你有关的春风，没有燃烧
却留下呛喉的灰烬，它开始是无色
后来也是，所以说，别人都看不见
所以说，风像随时喘息的兔子
别人都不以为然

小鸟在前面带路
和你有关的春风
爱从后面来；那时的吹拂是庄重的
也是沉重的，终归是
轻盈的

所以它能飞行。所以它不算秘密
秘密是不能飞行的
所以，和你有关的春风
即便不是虚拟
也不仅是吹过小小的你

置　身

置身黑暗这庞然大物之中，那星光
那灯火，它们的现身，更能构成夜色

我同意一些人用失眠去追赶
去靠近，另一些绿草般安睡的同类

我认为梦乡是无色的，又是鲜明的
但肯定是袖珍的，不轻易示人

眼下是兔子的雕塑，和原地沉思的行道树
它们的共同之处：不会说话不会动

不远处的民工恰好相反，他们放肆
在时光的两岸，通宵达旦，不需婉转

他们在为一条河整容
他们和一条远道而来的流水一样匆匆

公众号"小众"

玄武诗四首
玄武

晋人。作品散见于《花城》《十月》《今天》《诗刊》《人民文学》《新华文摘》《青年文摘》等多种刊物。著作18种，诗歌类有《己亥诗篇》《夜行》《更多事物沉默》《断铁》《404诗章》《臭蛋说：种月亮》6种。

致落日和李商隐

我此刻阴沉，如一座地狱
也可瞬间穿越镜子，抵达天堂
你之所在即仙境。陈旧的楼房即迷楼
拥抱中开始变幻，成意气风发的仙人
步行过的最远的路，千里或两千
不及一夜漫长。夜不及长发之黑
遇过的所有的白，不及肌肤的温柔
哦蜂的刺和蜜，我用整个秋天的落叶怀念
埋葬逝去的一日，来临和仍要逝去的
我在人间，黄昏雨至，"地上的动物歇息了"
我在怀念，写下貌似每个人所历的
人间最重要的真实。一天一天
我感触到的，所有人心中隐秘的等待

加深了树干的裂纹。它也等待
风吹走灰尘，夜里暗的雪飘落其上

一念行

一念既动，如念整个江南。
依然烟雨，桂花之香
晃动着城池和记忆。
它袭破天空，镜子
月亮，坟墓和摄像头。
钱王走过的陌上依然寂寥，
繁星倾落湖中，如莫邪的熔炉。
潮头上奔驰着白马，
乌衣巷夜鸟拍着翅，
乌桕树静静地站着。
丝绸的褶皱，河水妩媚流动
远古的美延伸而来，
它们皆钟于一人一念。
寺庙钟声里颂偈声微
一念动，万劫生。
此时江南秋天的万物
和北方孤独的诗篇，
皆受劫于桂花之香。

瀑行——黄果树瀑布纪

太古的寂寞雄壮如斯！
青山回以静默，条条怒立
五万年日光叠加，堆积碰撞
北方所有的牛向南狂奔
高原上银器同时晃动
头饰，项链，手镯，筷子，秘制阴器
五十六万赤裸婴孩响亮啼哭

见证软弱之水，忽然的无穷之力
像太多认为不可能存在之物
见证冷静之水，决然而去的激烈
每滴水变成牙齿，赴死般撕咬跌落
它也像亿兆眼睛
暗夜里闪动的白光
所有流水撞向大地

为星星作注的人

当黑暗淹没眼睛，
欲望在夜里上升。

为星星作注的人，
梦见推巨石上山。

欲望在晨光中退去，
那个人留在了夜里。

风吹干草尖，
也吹向父亲。

它吹得星子乱闪，
也吹凉你的骨头。

"水才是世间唯一的君王"

元代的戏楼仍在
演戏的，被演的
不在了
看戏的不再
秋风拔地而起
像奏响失传的器乐

明代的长城仍在
守塞的，攻伐的

旗

帜

029

不在了
城堡下的煤不再
不远处黄河，无马来饮
水流羸弱呆滞

万里江山仍在
净的石头，洁的水滴
不在了
拂动云朵的清风不再
但煤山在，厓山在
歪脖子树在

稀落草木间，一代代人
还在，比以往更多
虎和巨鹏不再
竿在，仍撬翻甲车与庙堂
卷册中暗的血河始终在
我镌刻着，爱着，不在了

阵地

本辑选编新湖畔8个编委的诗歌作品。开自由之风，向湖山致敬。新湖畔诗群立足山水人文典范江南杭州，面向中国诗歌场域，坚持以纯正的写作方式，建构一种开放、自由而健康的诗歌精神气象。在西子湖畔写诗，连续出版多期《新湖畔诗选》，已经成为一种诗歌文化现象。湖山让我们成为诗人，湖山让我们成为自己。这个时代的写作者，湖山向我们发出了历史的召唤。基于情怀、友谊和湖山的护佑，我们艰难地建立起自己的精神阵地，勇敢地集体亮相，等待下一次的集合出发。

——主持人：卢山

公众号："新湖畔诗选"（编委诗选）

敖运涛诗四首
敖运涛
———

1991年生，湖北竹溪人，现居杭州。有作品发表于《星星》《诗潮》《山东文学》《飞天》《草堂》《诗歌月刊》等。

威　胁

阳光如虎，

清晨，从东边的山头蹿出来

直到正午时分，才跑到阳台外的樟树之上

不会再离我远一些，也不会离我更近

它总是准时地跃上

枝头，不管刮风还是下雨，它总是静静地蹲上

一会儿，抖擞抖擞浑身的金黄

剔剔齿缝间的碎肉

我一整天在家洗衣、做饭

看书，写横七竖八的字

它从不向我扑来，也从不对我咆哮

可纵然如此，我依然能感受到

它那如火的威胁，一浪又一浪地滚来

——每当我提起笔的时候

残雪记

总有一些雪在我们忽略的地方
存留，在远处的山峰，在乡村屋顶的陶瓦上，
在屋后的竹林里，在石榴树下的墙角，倔强的雪
伸出一双双白色的手，替我们
挽留着什么？她的洁白，她的清瘦，
她冷而硬的孤独。

深情的雪，为我们流下一行行春天的眼泪。

冬末，深夜醒来，闻雨声

有一条溪涧，扭动着曼妙的身姿，

婀娜走来。悬挂腰间的水珠，像词，发出金属声

她，俯近耳畔，吐出蛇的信子，像一根针

落

下

她走了——像眼泪，回望着：

一口枯井

聚　会

像放出去捕杀野物的猎犬
时隔多年，终于围坐在一起。斩获颇多者
春风得意，聚光灯打在他们
身上，侃侃而谈；铩羽而归者
夹着尾巴，零星而坐，一杯杯喝酒
一根根抽烟；既没赚得盆满钵满
也非鹑衣鹄面者居大多数，他们细细品尝着
桌上的菜肴，像一只只面目慈善的黑头羊
一片温煦洋洋中，服务员是唯一的
在场者，不断添茶倒酒，并伺机在每一位入席者的脸上
刮下一道道褐色犁痕

双木诗四首

双木

青年诗人，现居杭州。作品见于《诗歌月刊》《草堂》《中国诗歌》《诗潮》《江南诗》等刊物。与友人编有《野火诗丛》《新湖畔诗选》。

归乡书

我们进入欢愉的圆圈，紧挨山河
以及春的鸣叫。那些翻新的人，
在云里睡觉，与自己和解，
将果树的枝颤比喻成温柔的闪电，
一次就击中了幸福的穴位。

四　月

春日在场。

人间仅此一次
在光耀中诞生。

我们看到的大多数
都是美的积分。

没有颤抖，
没有忧愁。

唯有春风的迷醉，
此刻的璀璨。

即便是，世界那么凶猛，
我们也潦倒在芳草之间。

半屏山听海

我们倚靠风声，
海水推着岩石。

所见都在缩小，
所见善于吞噬。

仿佛这一切，将归还大海，
美的事物都在此撞击。

无　题

事物在消失，
也在生长。

我们进入，
需要一生，
退出不过一瞬。

我们的影踪，
亦真亦假。

四季变换
藏于一枚松针的掉落。

哪有什么是隽永，
一切都转瞬即逝。

余退诗四首

余退

1983 年 7 月出生，温州洞头人。入选浙江省"新荷计划"人才库，浙江省作家协会会员。有诗歌发表于《诗刊》《青年文学》《扬子江》《江南诗》等刊物及一些年度诗歌选本。出版诗集《春天符》。

洗盲眼

擦洗不被带走的旧家具
你猜想它非常爱干净。只要使劲
盲眼依旧会转动，溅泪
如果用温水轻轻地洗，它会感到舒服
当它睁开，心依旧会明了
世间的光照进了它的黑房间
感谢那位盲人，他停下手中的活
耐心讲述护眼的秘诀，配着手势
就算没用，交谈时他始终
看着我，像本来就会的那样
临走时，我闭着眼睛
拥抱了他

此 岸

听一名口吃康复者
讲述他的秘史。他是偶然掌握了
语言奥秘的人，缠斗在一起
缓缓吐出万物的假名，以裂片
叫喊裂片。像出生在漏船上
靠破碎出航。他说当他破了胆
意识到所赐的艰难，才慢慢康复
不再以手为桨。用镀金边的陶瓷杯
接热咖啡，他也递给我一杯
暖意，请我品尝加糖后的苦味：
我也学过口吃，被父亲及时制止
对我严肃恐吓道：不行！
你以后会永远结巴的。这是则
复合式的箴言。这肯定是我不善
表达而表达的原因。如此纠结
如此挣扎。注定要完美地
呈现缺陷，以永获不得的逃离

温和的凛冬

出于担忧，深眠的动物会在
空寂中醒来。依靠天生的
惊悸之力，它们储存未发生的

逃亡。疑心病也一样帮助我——
看见卷积云消散背后的寒意
现在已是凛冬，万物依旧驯良
只是我的手脚总无故地冰冷

沉睡艺术家

我忘了是怎么得到那个纪录片的
片子里的家伙在沉睡
当注意到屏幕下方的数字时钟
我意识到正进入一场艰苦的表演：
消瘦在行军，当你跟踪那几乎
一致的画面，发现他脸部的肌肉
沉陷着，像慢慢退潮的滩涂；
通过耳麦，你可以听到他细微而
舒缓的呼吸声，仿佛连接着

整个山洞，整座山的肺部；
你可以看见他的短发和胡须
在寂静中生长出海底走动的藻类；
我总怀疑他醒着，一直醒着
只有醒着的人，才能如此完美地
表演沉睡。几帧画面里
我反复查验，他微微抽动的
眼睑。第 41 天零时
他准时醒来，在助手的帮助下
被重新点亮，象征性地喝了些流质
影片结尾，在回到明媚前，他说：
这时，才是我最困倦的时刻——
滚动的字幕里没找到艺术家的名字和国别
但我知道，我老早就认识他了
远在我出生之前

马号街诗二首
马号街

1986 年生，现居长沙。出版有小说集《世界末日》，主编《南京我们的诗》（第 13—20 期）、《卧底诗丛》（第 21、22 期）。

我与凡·高的一次经历

就在昨夜
我梦见了凡·高
梦见了凡·高脱离脑袋的半边耳朵
它在妻子刚打扫一新的客厅
（妻子这时去哪里了呢？）
痉挛、跳跃
（芭蕾舞，还是拉丁舞？）
几粒清晰的血滴
像圆润的汗珠，溅到地板
珍珠耳环般滚动
那耳朵，突然跳进手心
它热得发烫
我冰冷的手必须忍住，被灼烧的危险
（随手扔掉
是对这位我所热爱的艺术家不恭）
我必须忍住
就像凡·高曾经忍受贫穷和痛苦

就像那也是自己的一只右耳

是自己蹦出左胸腔的心脏

我捧了它

仿佛捧了一件圣物、一个生命

那样的小心翼翼

我把手伸向半边耳的凡·高

他，刚刚从悬挂墙面的画像中走出

我用从未学习过的语言问他

"要不要"

（可想而知，我是怎样惊讶

鬼使神差，我竟然会一门从未接触过的语言

这是怎样一种天赋！）

而他，却用中文回答

"不要了"

（无疑，我又一次震惊

未曾料想他也会一种未知的声调）

正当我克制着内心的激动和恐慌

还要准备说点什么

他已经推门，离开了我的房间

外面，是这个于他全然陌生的都市

如此遥远，如此缥缈，如此可疑

没有麦田

没有扁柏

没有向日葵

没有鸢尾花

没有旋转的星空

没有阿尔的太阳

只有他平生第一次见过的浓雾

遮天蔽日啊

让他几乎睁不开眼

他很快消失了

而他的背影，却依然倚在门口咳嗽

我没有像追星族一样

疯狂地追上去

索要签名，请求合影，再得到某种馈赠

我也没有什么可以馈赠给自己的偶像

只是局促地孤立着

孤立着

"这只耳朵应该怎样处理呢？"

——它，分离了

却如此永久性地焊住世界

撼动一代代想求索却不自由的心灵

你这已经烧得通红的

烙铁刑具！

有人正从楼下一步步走来

脚步声是那样急促

像阴郁的锤子，有力地敲击着

敲击着

咚咚，近了

咚咚咚，更近了

越发逼近这棘手的问题核心

是一个紧握棍子的警察

还是随身携带窃听器的邻居？

是皮包里放着账簿的房东

抑或是急于捉奸的妻子？

我该如何面对他们如刀子戳问的目光

那种焦灼，就像儿时梦中寻不见排泄之地

或者身陷一次生死攸关的终考

那道绝命试题，却久久地

久久地无法解出

而这逃亡的耳朵，似乎比我还要焦虑

"哪里才是藏匿之所？"

突然

它使了个鹞子翻身

然后腾空而起

那些遗失的鲜血也争先恐后

不可思议地尾随而去

正当一条恐怖的黑影显现门外

它们犹如几道屏住呼吸的闪电

几乎同时钻进了墙上凡·高留下的画框

画框里，还残留着他忘记带走的

颜料、烟斗和十九世纪末

那独有的气味

怀念一个普通的地方

南大和园东有一个荷花池
我们有时去洗车
洗好车
会在旁边开阔的缓坡散散心
妻子掀开宽松的上衣
露出大肚子
对住在里面的主人说
小宝也晒晒太阳
她说
隔着肚皮，小宝也听得见

小宝出生后
天气晴好的傍晚
一家三口也时常去那里转转
碰到类似的家庭
就停下来，逗一逗对方的小孩
扯几句育儿经

后来，我们搬到了远一点的小区
在学海路那边
小宝也学会走路了

周末，我们偶尔也开车前去
一次，我坐在防潮垫上
看小宝追逐一只飞虫
妻子跟随她
越跑越远
有个拍风景的摄影师
站在后面
他说自己六十五，业余爱好
还给我看了看有我、妻子和小孩的照片

又过一年
我终于有了工作
我们便从南京搬到长沙
就再没去过那个略显荒芜的地方了

尤佑诗四首

尤佑

1983 年生，现居浙江嘉兴。浙江省作家协会会员，浙江省"新荷计划"人才。作品发表于《星星》《诗潮》《草堂》《野草》《诗歌月刊》等刊物，诗歌入选多种选本，著有《莫妮卡与兰花》《归于书》《汉语容器》等。

静的属性

夕光真安静。哥特式教堂垂直地宣誓庄严
光照从顶端流下，一点点渗进我的身体
驯服我涌动的血。于此，万物静下来了
我在静默中，看旋涡练习升腾
时光的，植物的，细胞的轮子一刻也没有止歇
机器齿轮被勒令停转
架了一半的高架路，梁子悬在柱子上
膨胀着情欲的工厂，此时空旷，可听鸟鸣花开
公路得以松弛，它耸耸肩，偶尔抖落一辆车
病毒为我们腾出了一座空旷的城池
春水漫涨，微风找到了静的属性
神像抒了抒额上的蛛网，复归履新的样子
我们呢，是出于恐惧吗
还是找到了另一片战场，那里车轮滚滚
一片曦光乍现的景象，而又无所谓光

这绵柔地滚动的房间

鱼肚白的腥味一点一点地退到窗外
逢霜的凌霄叶子转眼变成了黑星星
刚刚，还是浑圆的黑洞
拂晓在显露街道的同时，河流有了声音
一切线性的事物，确乎难以逾矩
阳光进来了，房间向内展露棱角
孩子醒来了，我的儿子已学会说俏皮话了
而他的妹妹像一只不会唱歌的鹊
——昂着头，等着哥哥的笑料
他们的母亲尚未醒来，梦境与房间内的一切
非常吻合。她嘴角传来的线性信号
正改变这房间的运动方向
蚕丝被遮着我的身体，如茧
一丝一缕的黑暗，寂寞地、冰冷地走过异乡路
的线状事物，不停地抽身、摩擦、困扰、互啮
光亮与温暖，正在这房间内绵柔地滚动

龙坞茶

这里孵化青蛇。田垄上，一丛丛矮树
是绝对的集体主义者。它们的鳞片，年年蜕化
经雀舌摘得且又慢火烘焙而成的龙坞茶
每斤价格可达上千元。它们懂得收敛，也能舒展
亦如这里的人，驱车半小时，可入内城
像白蛇去了断桥，湖面的光是她的菱纱
世人贪恋传说，潜入城市的巷道，专打暗语
此刻，乳白的雾散了，青蛇在曦光中滑溜溜地
翻身，未见头尾。人们从他乡折返
在后院饮茶，净水入喉，落叶纷纷
鸡鸣狗吠柿子树，水杉红菊石井栏
所有的叶子都有悔改的机会
它们躺在向阳坡上，仰仗水量盈沛的水库
又回到秃栗树上，站立在天地之间
随褶皱如花的村庄，在寂静的初冬
醒来，欠伸，向垄上的青茶喊话

幽暗森林

在冬夜，我反复进入但丁描绘的
三十五岁的幽暗森林。然后写下
又删去的十二月，终于呈现湖水般的句子
这祖先留下的预言。我只不过是在验证
青烟一团团地去往山间的坟地
在年成不好的时候，更要将祭品摆得丰盛
那些林中，有我叫得出名的野果
你不懂也没有关系。我和不同的人，有过不同的
林间故事：砍树烧炭、捕杀野兔、拣拾蘑菇
最为重要的是数数坟头上的茅草，念念碑铭
比起真实，我更相信虚无
毕竟现实与现实、日子与日子玩起了多米诺骨牌
一棵树的枝丫和根须
每一寸都有标价。我住进预订的树洞里
在东面挂上结婚照，又在西壁挂上孩子的照片
我活在数据里，过着齿轮上的生活
同时，不断地被人揣度
周遭的事物，几近疯狂地发言
不停地掩盖，构筑比真实还真的森林
以致所有人难以穿越眼前的这片密林
每一句话，都构成怀疑论断

北鱼诗四首

北鱼

1983 年生，浙江温州人，现居杭州。浙江省作家协会会员，杭州市第七批青年文艺人才，诗青年团队发起人之一。诗歌曾发表于《诗刊》《诗潮》《诗林》等刊物，出版诗集《浅湾》《蓝白相见》，与人合编《野火诗丛》。

3月1日，晴

我也想在草地上打滚，给大地
一些轻微震动，给春草

一些惊喜和失措。虫子们快跑吧
春天的巨人来了，这边有两个

那边——

东风酥软无力，深陷蓝天的包围
身为天然投降派，我把三月桃花的视频

录入风筝的尾。此刻，所有的告白
都形同告密，那些飞向绿意稍弱地带的鸟群

一定叽叽喳喳，说我

忘记了，难忘的事

自来香

今晚早归，为夫人煮面
自己小贪一口。向来没有手艺

全凭食物自来香，几片菜叶
随手晃了些盐。现切的五花肉

到底配不配鳗鱼鲞？记忆里
似乎有这道入夜的菜谱：

细粉丝的香，将我从被窝里拔出
掺着近乎争吵的悄悄话，我又陷入了

另一个梦。尽管没有找到
我已不再翻寻。所有的秘方都可以

消失了。面熟了。
一碗端进卧室，太淡的话

我去取酱油。

白露，山中早课

清晨，树们穿起云雾
山风将露水摇向大地的果盘

僧人敲空木鱼
鸟鸣温习季节更替

隧道口钻出的汽车
转瞬间，消解于钟声的边缘

我在石盆里洗净双手
低头去接白露霜果

夜袭湖州街

寻常摆出梧桐阵。二十五码小电驴
单骑奇袭。落叶数枚奔向我

这秋风的捷报，如同几行短诗
在深夜的副刊上发表。不远处的

今明分界线，高耸入云而不见
忽然间，湖州街被削去双腿

不是我。是沈半路，或是潜伏的
未来某一天。除了回家

我已没有可以进击的城池

许春夏诗四首

许春夏
——

浙江东阳人，乡土诗人。著有诗集《上国呦鸣》《桼罗树下》《用方言与麦子对话》。

若叶町

一只乌鸦，或许
也是一群，
在高纬度的若叶町叫早。
它的猛烈，
让我觉得与我有关。
我对它的印象，
也从眼皮的停留转到骨骼。

昨晚我入町，轻手轻脚，
自己觉得像个小偷。
怕把它的惊悚之声惊醒，
而忘了吾佛，也是星夜光临。
冷食的午宴上，
它代表体面的樱花发言；
声音闪亮，多像我们
相互聆听着方言。

我有些怕雪

我有些怕雪，
我说的是曾经。
我全身有许多充满热烈的办法，
但喜欢它，必须是在阳光里，
一切都已尘埃落定。
在此之前，我还是怕它，
死者扮成活人的现场教育。
而我还必须伸出手掌
任其亲吻。

父亲说过，
雪一旦下在梦里，就是在眼帘放毒。
为了这句话，
我宁愿雪夜不睡觉，
以履行它判定的刑罚。
直至看见融化，
这世界又获得
一次解毒的机会。

访友人

访友人，
访到的是一座废墟。
高过院墙的芭蕉树似乎也承认，
沉默就是枯名。
一群蚂蚁正在路演，
暗示虔诚路上有先知。
我不记得密码，
依稀是用麦粒定的数。

蹲在门口，
我与一只鸟对话。
它发出的消失而又回来的振动波
有别于泉水。
我口德变善。说这废墟
至今还是个名主持。
旁边废弃了的挖掘机，
也是城市的金饰品。

泉　井

我一次次从井里提水，
每次都会涉及轮回。
这让我确信，
我起早打水不是为了畅饮，
祖父生八个子女也不是吊人胃口。

我是喜欢自己，
一动不动的身影撞碎后的光芒。
它自由，不绝望，
唤得醒唇，唤得醒爱，
而祖父又在身旁。

卢山诗四首

卢山

青年诗人，文学硕士，浙江省作家协会全委会委员。现居杭州。近年来在《青年作家》《北京文学》《诗歌月刊》等刊物上发表作品。出版诗集《三十岁》，与人合编《新湖畔诗选》《野火诗丛》《江南风度：21世纪杭嘉湖诗选》。

履历表

江湖远，也没有故乡远
我们虚构出下一个坐标
中年人奔腾的车厢里装着
炊烟与河流。

父亲的膝盖里藏着
一座生锈的山峦
他遗传给我，这家族的
耗油老卡车。

用双脚丈量河山
无法解决孤独的尺寸问题
一摞一摞的陌生人
在火车票里排着队喊我。

我一生的履历表是
一条分岔的河流
顺流而下还是逆流而上
都是他乡。

种牙术

给中年种下一颗牙
种下老虎的咆哮
让他一生敢于啃生活的硬骨头
吃体制的螺丝钉
开门见山，见大世面
说话不漏风，捕风捉影的人
抓不到他嘴巴里的风筝

父亲没有遗传给我的骨头
用一颗螺丝钉代替
我说话够硬　从不吃软饭
一颗种下去的牙齿
我一生的诗篇里
最坚硬的一个词语
火化时　烈火难以下咽的
一根硬骨头

春日遣怀

春潮翻卷如营养不良的胃
从我的身体里吐出几片花瓣
夜幕沿着湖畔深一脚浅一脚
像酒醉的苏东坡

眺望北方，从石梁河一路南下
少年的马蹄声里藏着凌云志
成都、南京和杭州，江湖路远
却都是命中注定的码头

三十岁骨鲠在喉。少年意气
和坏损的脊椎节节败退
唯有腰围膨胀如读书人的虚无
提醒我们中年的重量

父母渐老，白发缠绕
我的脖颈。多年的离别让我们
习惯在想象中安置彼此的生活
并且客气如久别重逢的朋友

我已经离故乡越来越远

如一缕闯入城市的炊烟
好几个清明，我终不能
跪在祖先的坟前痛哭一场

今夜星辰依然闪耀
孕中的妻子已经睡去
她恬静的呼吸里
落满了故乡的山茶花

礼　物
——给女儿夏天

女儿，今天你正好七个月了
来到这个世界的第 215 天
对这个世界，你还满意吗？

杭州西湖、宣城篁嘉桥和
父亲的皖北小镇石梁河
我们与你分享生命中的山水
落日和黎明里，你的每一次微笑和啼哭
都是命运对我们的奖赏

女儿，在疫情蔓延的日子
我们一家人蛰居在杭州的这间房子里

就在此刻，当黎明的第一缕阳光
推开我们的窗户，全世界
都向你投来了祝福的目光

女儿，今天你七个月了
我并没有给你准备什么礼物
如果有翅膀，我就可以摘下星辰
当积雪融化为归乡的小路
我就给你写一封关于春天的长信

现在，我只能在心里一次次默念你的名字：
夏天，夏天，祝你健康平安

青年

　　本辑选编"新湖畔诗选"公众号"80后"/"90后"诗人巡展作品。"新湖畔诗选"公众号"'80后'/'90后'诗人巡展"栏目开设以来，收到稿件达300多份，共有诗歌3000多首，正式推出的有诗人50位，诗歌500余首。他们大多数已经历数年诗歌写作的训练，创作方向也渐渐明晰，辨析度较高，可以说，在一定程度上代表了"80后""90后"青年诗人的整体创作风貌。囿于版面，再选十余人，合而为一小集，疏漏在所难免，遗憾在所难免。

　　就所选诗人及作品，概而言之：麦豆的诗，像一把刻刀，时而发出和煦的阳光，温暖美好，时而露出锋利的牙齿，深刻且疼痛；杨碧薇的诗视野开阔，有一定的先锋意识，大气，直抒胸臆；苏文华善于从日常平凡事物中挖掘与提炼诗意；小书的爱情诗，像宣言，火辣，有独立意识且慎思；苑希磊笔触细腻，蹑着春雨的脚步，后面跟着夏雷，且手握一把闪电；向晓青的语言是明亮的，视角是独特的，如平地耸峭岩；独孤长沙在古典与现代语境中自由转换，咏叹、戏谑、反讽，收放自如；伯劳有一种强烈的独属于个人的语言再造术，连气息都格外迷人；袁磊寄情山水湖泊、飞鸟走兽，偶尔是书生在云端，偶尔是袁磊在市井……笔者简单的阅读印象勾勒肯定不能尽然，一个诗人有一个诗人的命运，一首诗也有一首诗的际遇，把时间拉长成一条河流，大浪滔滔，再将时间铺开成一片山峦，层林尽染，那时，再翻开这本书，读读这些诗篇，又是一番什么景象呢？

——主持人：敖运涛

公众号"新湖畔诗选"("80后"/"90后"诗人巡展作品选)

吴小虫诗四首
吴小虫

1984年生，山西应县人。现居成都。在《诗刊》《人民文学》《扬子江》《星星》《诗歌月刊》等刊物发表组诗及随笔等。获《都市》年度诗人奖、河南首届大观文学奖等。诗集《一生此刻》入选2018年度"21世纪文学之星丛书"。

局部的苍凉

再一次在诗里爱上每一个人
理解他们的偏执，更理解他们的
悲凉。理解从生到死的一瞬
我的内心留下许多梦幻的脚印

已经无法再一次，黄河裹挟着泥土
冲刷干涸的河道，她的旁边
是世世代代居住的村民
种植着秋天就将金黄的玉米

和谷穗饱满。看苍天大地
一生的起伏在河面上翻转

奔突，互相撕咬，而血和灰
就是过后平静的无欲的水面

谁能理解那局部的细小的伤口
他死于肺癌，他们死于缺乏信仰
而她和死对抗，挣扎的痕迹
又一次被淹没在堆起的浪花

凉风吹来，吹在那滚烫的肉体
他感到无比轻松，任风将头发吹乱
没有比原谅更上升到星空
他站在河岸，静静地哭泣起来

夜抄《维摩诘经》

如果可以，我的一生
就愿在抄写的过程中
在这些字词
当我抬头，已是白发苍苍
我的一生，在一滴露水已经够了
灵魂的饱满、舒展
北风卷地，白草折断
我的一生，将在漫天的星斗
引来地上的流水

在潦草漫漶的字体
等无心的牧童于草地中辨认
或者不等，高山几何
尘埃几重，人在闹市中笑
在梦中醒来——
我的一生已经飘浮起来
进入黑暗的关口
而此刻停笔，听着虫鸣

无如体验

四年前，风吹蒲公英
中秋那天，坐船在三峡
望月

四年后也是小半个
重庆
柯艺兄约
婉谢。点了干锅
里面有排骨和肥肠
豆芽、木耳等

酒。

虽然肥肠已焦烟

路灯看上去清寂
多么好啊
你的心成为仓库小猫的心
拖把上爬着蜗牛的心
门前广玉兰之心

没望月

怎样的苍凉如水，怎样的明月我心

硬着头皮走了三十三里后
接下来，还要硬着头皮走

午夜始照见，美德如此缺乏
（美德只能缺乏）照耀

像羞耻被荡开又收拢，终究
浓得化不开的词语

人生坐上了蹦蹦车
有时千万不能想太多

我意识到了过往日子的徒劳
微微在额头沁出汗水

麦豆诗四首

麦豆

原名徐云志，1982年底生于江苏连云港。2005年开始写诗，作品散见于《诗刊》《中国诗歌》《特区文学》等。曾获"汉江·安康诗歌奖"等。参加《诗刊》社第30届青春诗会。

相　聚

我们坐在桌子一边
吃肉，百合花在另一边
瓶子里，倾倒香气

百合花，前天快递员
递来时，刚从花棚里采摘

桌上的猪肉，昨天之前
尚是一头无忧无虑的猪

我们在同一间房子，桌子上相遇
皆因死亡是我们共同的朋友

致火星

致一条干枯的河流和一小片沙漠
致你光秃秃的一座座山峰。

致你在我的想象中。
曾是一个美丽的星球。

致不停燃烧的太阳。
阳光照在身上，没有爱，也没有恨。

致你的寂静和我清晨的凝视
哦，遥远的火星，我们来自你。

旧天堂

请让事物待在它原来的地方
那是你进入另一个世界的入口
灯光熄灭 人群散尽
请让事物待在它原来的地方
黑暗中 它会兀自发光
那是你找到自己唯一的地方

请让事物待在它原来的地方
无论何时 它都有一个确定的地址
即使隐身黑暗 仍温暖如故
请不要随意挪动它的位置——
有一天 我们都会迷失 遗忘 死去
但它仍在那里，像一盏不灭的灯

堂吉诃德

继续沉睡
已是一个谎言——

第一声鸟鸣
已像战鼓敲响一个人的脑袋

内心的那个人，走出家门
跨上战马——

想到我的老堂吉诃德
我在黎明写下这首醒来的诗——

头顶的星群正缓缓撤退
返回荒凉、黑暗的宇宙深处

新湖畔诗选（五）沉默就是枯名

周园园诗三首

周园园

女，1989年出生于黑龙江，文学硕士。现居天津。作品散见于《诗刊》《草堂》《星星》《山花》《诗林》《福建文学》等刊物，入选多个年度选本。曾出版诗集《回望时光》《银花戒指》。

回到北方去

那时，我已下定决心离开。空旷的绿地
和海潮击打石头泛起的白色浪花
令我怀着无比的眷恋，甚至开始怨恨
那个突然的决定，到底是哪个我在驱使
我往前走，是哪个我在耳畔说：
回到北方去。岛上的渔船在余晖里驶远
从木棉树洒下的光点，像神在动荡的
水中央，跳起衰老的舞姿。现在，那
衰老正反复侵蚀着我，像一场又一场
无法终止的雨水，像我无法说出但不断
消磨着我的日常。我在北方盖起木房子
里面有更小的木质空间，我在其中反复
尝试一种积木游戏，如同孩子，沉迷在
一些幼稚的冒险中。如同我和所有的我
迷于一片蓝黑色的大海

无　限

傍晚散步时经过一片蜀葵

风吹来的时候，会有茂盛的牵绊

而附近的铁轨上正轰隆隆地

驶过仅存的绿皮火车

这令我想起曾经的旅行

在狭长的火车过道中

走来走去，反复念叨着什么

火车继续行驶，接下来有羊群、牦牛

在广阔的草地上悠闲地吃草

山尖纯洁的积雪，冰冷而美丽

背靠着的蓝天，像一片深邃的大海

偶尔出现一丛新鲜的野花

像此刻，淡粉色的蜀葵，柔和的花瓣

那是一种隐秘而原始的无限

那是任何时候

我可以追溯到的我的源头。

困　境

一个透明的颗粒物自顶楼落下来

一个念头一闪而过，再怎么回忆

都想不起来。有时，困扰就是这样产生的。

但不足以让人悔恨。

我记得新天鹅堡的冬天，下着弥漫大雪。

我们气喘吁吁，在覆雪的山巅

惊讶于壮阔的尖顶城堡。

雪花落在成片的松林之中

落进存在的虚无里。

像此刻，那些颗粒物，越来越多

越来越多，梨花一样，纷纷扬扬

一个人就这么轻易地，走出了刚刚形成的困境。

焦窈瑶诗三首

焦窈瑶

"80后"，生于南京，文学硕士。小说、诗歌见诸《钟山》《山花》《雨花》《青年作家》《青春》《诗刊》《扬子江》《诗歌月刊》等刊物。

深海门铃

撬响深海门铃的

是光明的句点 摸索你

眉尺间鹰翅

的振幅 望远镜提炼珊瑚

游泳的姿势

声音是一道抽象的门

锁芯里生锈的喉咙吞吐作为

饲料的海水

深海门铃服用过量

光缆的超度

你晶莹的双手响在时间之外

震落

意外的访客

抽搐的航线

停止吧，停止，那一口
失血的钟锁紧的身体，抚平
海的低音，用你痴顽的旧器。所有口齿
跌碎进 冥想的火山
你有没有感到，夜曲的象征过于
轻蔑，以至于不够弹劾你
假想中的 一只山雀
花园里，焦炭遍地，燃尽了
羊角最后的善意
一克拉的爱情，到底有多重？
就让那抽搐的航线震落
密钥里的词和你我

没有你的部分没有月亮

没有你的部分没有月亮

没有你的部分暗恋雪山之巅走钢丝的人

孤独又危险

清水里的绿萝托起

你的手掌

没有你的部分开出

一瓣莲花

栽进——

没有海的镜子——倒映

一座爱情的降落

杨碧薇诗三首

杨碧薇

云南昭通人，文学博士，北京大学艺术学博士后。做过模特、主持人、摇滚乐队主唱。著有诗集《诗摇滚》《坐在对面的爱情》，散文集《华服》。曾获《十月》诗歌奖、深圳读书月年度十大好诗奖、胡适青年诗集奖等。

深海烛光鱼

两座海底峡谷渐靠渐近拢住水流往上挤
一次次，烛光鱼群驮起珍珠项链穿过浪头的玫瑰椅
像一列崭新的宇宙飞船我冲出海面占领七色光旋即被吸入寂冥
圆满与虚空反复对焦，新纪元配合我珊瑚的密度更迭
不知这一刻你的历史中有多少星体醒着
你深入无垠，在时空的窄门与我相遇

英雄美人

十九世纪，美人从家庭走向工厂。
二十世纪，泳装革命解放身体。
二十一世纪，OL 喝花草茶，敷 SK-Ⅱ 前男友面膜。
二十二世纪，冷冻卵子立法委员会与人马座达成协议，
建立基因合作库。

二十三世纪，地球上已没有男性。

美人们用新型语言 DIY 人工智能男朋友。

其中有位美人结合古代的数据，

为自己编辑出一名 AI 情人：

"类别：AI 可触型情人；编号：XXX；

姓名：英雄；性别：男（"男"字为古汉语）；

属性：曾为珍稀物种，已于二十一世纪绝迹。

附注：此次绝迹，标志着两性世的终结和

银河世的开启。"

我爱飞机，我爱船

我爱飞机，我爱船

我爱镶在远方帽檐上的，每一粒水钻

我爱你故乡的木瓜树

生气时皱起来的粗眉毛

爱亚马孙部落永不重复的纹面

还爱暮晚的手鼓声

它们用清贫的节日送走又一个白天

我爱手枪黑色的皮衣

更爱它体内含着泪水永久罢工的子弹

爱总在烧烤摊记账喝酒的吉他手

更准确说，是爱他那双对琴弦满怀情意的手
现在，我开始爱不可调和的侧面
爱参差不齐的痛苦
爱我们身上消失的往者、合法的情人、潜在的叛徒
我热爱这一切，不只是为了活下去
我知道，真正的幸福极其缺乏深度
它扁平的通道，会取消我复杂的迟疑
我的热爱，要确保与幸福
所褒奖的一切对立

我爱飞机，我爱船
我爱每一段行程，不可到达的彼岸
我爱它们给我的欲念，给我的炫目和高傲里
深埋的冷清
我爱的这些，都没有价钱
和这首诗一样，对这尘世而言
也无关紧要

苏文华诗四首

苏文华

20 世纪 80 年代出生，湖北公安县人。

也说灵魂

父亲告诉我：
每个人都有灵魂。
是的。我有灵魂。

我哭，他不会递手帕。
我怨恨，他不会责备。
我有一根白发
他也不年轻。

我的灵魂只有 1 米 62。
我不由自主向前弯曲
他抬头。

看 月

五楼阳台，我看到厂房上方，月亮站在那
放假的第一天，我看完一部电视剧
月亮下的棉田
她背上的孩子睡着了
另一个镜头我不记得
这次我感觉它在看我
泪水
成为明亮的事物

啤 酒

那个从工地来的人
这次要了一瓶啤酒
他想什么？啤酒在桌上流
但他的脸上熟识的笑
使我确信
杯中溢出不只是啤酒
那泡沫有向上的力量

我多想

他隐瞒自己的病情。
而我的忽视
使他病入绝境。
他苍白的脸枯干的身子
警醒我，在他深深的爱里
我是一个病孩子。
抱他我将失去他。
我多想抓住
时光的金色脊背
比一条脱手的泥鳅更滑更迅速

小书诗三首
小书

女，"80后"。祖籍黑龙江，现定居浙江湖州。有诗歌发表于诗歌刊物或被收入诗歌选本。出版诗集《缓缓》。

春天在我体内放火

春天在我体内放火

升起我七情六欲的面孔如灰

春天在我的嘴唇上挖掘被给定的秉性

春天给女人们涂抹珍珠母贝光泽

春天，女人们亮出明目张胆的诱惑

春天，我们不谈宗教赦免

春天，我需要演习紧急灭火

没有人告诉我该如何迎接春天

我该向花朵还是柳枝妥协

那些新鲜幼小的美如此危险

它们加速榨取一切活意

又在雨水的掩护下伸出枝叶

春天，降下我们各自隐秘的病灶

春天，兀自明晰

春天，我们不谈宇宙循环

春天，我只需要你一时的温情

我将恢复如常并发出感谢

晨　雾

城市的轮廓在晨雾中消融
雾渐渐变得更加浓郁，更有质量，更容易下沉
此时我同样被消解，融化并流淌
回归流体的本质
安静缓慢地被匿名

不必再持续流动地去爱
当众人都趋于涌向你
现实和雾之间展开柔软的破口
此时谁也无须抵抗，侵略也是温柔的
并不令人感到危险

消失的自我会被洁净　塑形
又重新流淌出来
包括城市坚硬的部分

爱 人

桂花刚刚开
欲望城市的味蕾需要一味更猛烈的草药安抚
副热带高压已经无法占据上风
接下来的雨是它日常的屈辱
流向城市的低处

其实我并不讨厌这样的天气
低压迫使我再一次收紧自己
犹豫的法令纹
重磅真丝衬衫的露背元素
精致的民族风金属书签
我爱慕俗世的心
像不甘心的雨 白烟氤氲

爱人
剥夺我的自私之物吧
我因为爱而恐惧
救我 为我的嘴角抹一滴蜜糖
诸神瘦弱 你要做我强壮的新郎

苑希磊诗三首
苑希磊

笔名木鱼。1990年出生，山东乐陵人。现居德州。有作品在《诗刊》《人民文学》《中国作家》《诗潮》等杂志发表，入选多种年度选本。曾参加《人民文学》第四届"新浪潮"诗会。

小　镇

把爱揉成小镇的黄昏
配以篝火。尖顶教堂上的时钟是缓慢的
就像一个人到另一个的距离。

小镇边上是海，浪花退却
无垠的蓝，墨蓝，蓝的凝重，深邃
像我幽深的梦境中出现的眼睛

我愿在这小镇吸烟
等一群迷路的星星旋于夜空
我愿等一封漂过海面的信，一只漂流瓶

小镇上空的鸽子，纯粹的哨音
唤醒童年的切口。我在这里活着，写诗
仿佛就是要一直等你来，如浪花汹涌

哦，黄昏。我再次把自己揉碎
与你一起将爱过的再爱一遍，将恨过的
也学着去爱。像鸽子爱着天空和家园

如一个流浪汉爱他肮脏的肉体
纯洁的心灵。

在山寺

山寺外的桃花
一夜全开了。梵音喂养的事物
都有一颗悲悯之心。

陶泥碗里的灰，春雨
为它洗身。石头，是大地的哑儿子
只有奔跑时，才会喊疼

我落座的石块
苔藓开始滋生，也许
此生注定不会开口

时间久了，悲欢、离合、生生、死死

青

年

早已灌满这一百七十公分的身躯

我的心上挂了一把锁。

在山寺，我问，如何卸下满身疲惫

菩萨也不开口。案前的香炷落下灰烬

刚起的钟声，落入山林。

隐秘的河流

我曾看见一条隐秘的河流

穿越身体，不知去向。

隐约感觉到它的存在

形成强大的磁场，像跳舞，或擂一面大鼓。

波涛日夜汹涌。错综复杂的分支

像阳光下的大树。像榕树网状的根，在大地上行走。

我曾看见一条隐秘的河流

从一个人的身体，藏进另一个人的身体。

那些醒着的河流，那些睡着的河流

那些懂得痛苦和幸福的河流，在鲁西北的平原上消失。

那些河流啊。从源头到末梢，从你到我。

从一个人到一群人，从一群人到一个人……

我看到那条隐秘的河流在你眼睛里动荡

我曾看到的那条河流是红色的火，一头扎进黑夜。

向晓青诗四首

向晓青

1990年生，土家族，湖北五峰人。现居湖南桃江。

月亮也有脾气

你最爱照耀的不是人间
那里目光拥挤，灯火辉煌
高楼在低处投下巨大的阴影

你厌倦了那些仰望的脸
千人一面的妆容
停泊着被时代宠坏的眼睛

无数个深夜，我仍按捺不住
看你多年来重复的圆满和残缺
你变化得越缓慢，越叫我动魄惊心

破　晓

在这痛哭过的长夜
黎明的曙光迟迟不来
请不要吹灭那匕首般的烛光
暂且借着它的亮
向人性的幽暗洞口
细细查探
这是一条怎样的曲径
藏着多少难以启齿的贪婪
你敢现身吗？肇事者
你敢挺身而出吗？局外人
这残缺的人性
我们将如何修补完整
太阳终将升起
无论这世界充满多少光明
都不要遗忘
被黑夜炙烤的眼泪

我在失去什么

风最先变冷，用它的软
撞击我额头的硬
雨还没落下来，我就慢慢等

听——空气中细小的
水珠子摩擦着
犹如尘肺病人微弱的嗓音

我是否也曾那样拼命
对注定发生的疾病一无所知
对陌生的失去讲不出道理

雨终于被风掸落，用它的湿
擦拭我眼睛的枯
人间太脏了，我期待大雪纷飞

浓雾遮掩的时辰

连续几个早晨
浓雾以最轻的手法搅动小镇
在所有街道获救之前
清洁工靠直觉打扫它们

他摆动笤帚的动作
比伸出筷子还要熟练
他弯腰捡起垃圾
就像敲开回家的门

当他朝街道远处走去
是一小块橘黄，缓缓消失在雾里

独孤长沙诗四首

独孤长沙

原名刘阳，1991年生于湖南衡阳，湖南省作家协会会员。擅长烹饪，曾四处谋生。17岁开始诗歌创作，作品散见于《星星》《西部》《诗建设》《幸存者诗刊》等刊物。曾与友人创建"90后"诗歌团体进退诗社。

与妻书

如果我是皇帝，我就让太和与东阳渡合并成一个镇

如果我是国王，我就让奉节与珠晖合并成一个县

如果我是诸侯，我就让重庆与湖南合并成一个省

如果我只是农民工，那我只能小心揣测他们脸上的天气

在你的脸上筑堤

并告诉你，我正在考取功名

夏日来信

别来有恙。想起河边煮雨那个下午

水杉未渡，榴花已熄，灰蝉格外谦虚

往事乱云翻滚。有人远走长安，有人搬回南宋

这一生需要太多太多的别离，用来变更身份

山岳远隔昨日。你看那楼有多高，愁就有多重
朱门，贵妇，金毛犬。俱欢颜啊！子美兄

茫茫。多少个夏日，流水般滑走
而我必须骑上第一匹落叶，抵达深秋

石鼓回信

潜之兄，落花时节，又是一番肝肠寸断
崂山归来，除了砍柴浇地
我并未练就真正的穿墙之术
甚至胸口碎大石，也不会了
接连三个月细雨，浪费成一条河流
望气者，拿云者，垂钓者，投江者在此云集
整个下午，他们练习忧愁，表演深沉
临江草木葳蕤，不觉已盛夏
但潜之兄，千万莫要问起前程
自早年乡试落第，我便不再读书
终日在庭院种葱蒜，写菊花，炖杂鱼
如若盘缠充足，我想去趟省城，研习岐黄
罢了！逸仙，树人或早有此想
近来泛舟三峡，得见一女子

其父嫌我粗鄙，常做虎豹状，鹰隼样
终不得近身，为之奈何？
去日苦多，来日更不胜唏嘘
王宝盖远走江浙后，雁城已如空巢
芒种过后是夏至，不知山中岁月几何
盼归。向知秋兄带好

蘋洲书院

桃花羞涩，迟迟不愿见人。萎靡的芭蕉
如蛇一般，急于在雨水的消磨中蜕去老皮

多少事物，期待着能从一副皮囊下脱身
素贞，英台，甚至眼前新翻修的蘋洲书院

无可否认，我也曾渴望逃离生活的鼎镬
正好借此百年的孤独，重新去温书，赶考

偶有闲暇，可以去听朴树，闻香樟，折金桂
或者看洲上白蘋点点，一年浓过一年的思念

伯劳诗三首

伯劳

1991 年生，字鸸鹋，号青天院士，喜云游独居。

2015 年 11 月 22 日　雨

这是雨水中一座
荒凉的城

人声
车声

混合成一种新的声音（混凝土搅拌机发出低的
喘息）

好像它原本就在空气的配方之中
是一种常态

层楼远望
烟雾拦住了目光的去路

还有什么能被看见?
来往如梭

我们一无所知
他们不知所终

一只虎啊
在冬天也必须蹑手蹑脚

临别辞

在彼时间的长河里
我们并不急于相见。正如
这雨夜
还没有到没完没了
的地步
我们并不想要一个大晴天。
那我们
究竟想要一个什么？比如
对面楼顶一排呆立的灰色
鸽子突然振翅高飞
——一个没有赠言
的临别
——你记得　也好
——最好你　忘掉。
在那黑夜的　海上
如果轮船和　飞机都颠簸，你应该回头望一望

我们的祖国。这里
或许也有一双眼睛
在看那白日依山尽
的羽毛
缓慢地降落。

水蜜桃

我吮吸。
而它汁水欲滴如这雨夜
一万吨的钢铁。我听见：你身体内有绷带断裂
我龟甲的土地。
而它饱满，如九粒豌豆
就要涨破
它的荚。而它
有轻薄的刀片就要飞出；那里
何其柔和，又多么突兀，是我藏身的热带丛林
长满触须；那里
发出鸣叫
——湿润又黏稠的口哨。战壕
而它没有颜色；
颜色过于
混淆黑白。我吮吸一万吨的你吐露桃核的箭镞；除了同样用牙
齿把它接住我没有你

章鱼触须。口哨

而它没有味蕾；

雨夜好眠。梨小食心虫是我唯一给你的后遗症；

而它汁水欲滴

我吮吸。

袁磊诗四首
袁磊

1990 年生于湖北荆州，中国作家协会会员，湖北省作家协会签约作家。作品见于《人民文学》《诗刊》等刊物及选本。著有诗集《好树》《青年气象》。

带书出征

带书出征，可以消解青年的戾气与狂躁症
我的激情矫枉过正，骄兵的姿态已消耗想象力
伤害写诗、为人。语词锋芒毕露，但不能保持战力
结构暗藏杀机，已不足以撑起大气象
体察众生相却依旧执着功名，我的骨骼中藏着败笔
生死，迫使我思考老来之境、修于宽阔
带书出征还可遏制我的匪气，文本之外我要做个
谦逊之人，心中住着山水，精于世故而不露
而一本《离骚》已陪我走得够远了：从少年开始
在地理方位上，跨过夏水与汉江
伴我走过诗人流亡路。乘骐骥以驰骋兮
也随我坐动车飞奔至京城，到达过世界的核心
在三万英尺高空，帝高阳之苗裔兮，在气流不稳时
默念《楚辞》，我才得以强化自身的来历，安心

其实除了匪患外，我的心里也一直住着一位君王
总得有敬畏的事情吧，在年轻时值得抱石投江
以命相拼

豹　子

旷野适合飞纵术，调息、运气
作翱翔之状，助跑时
我就能在身体里找到豹子，借丹田
发出困兽的声音，深信能飞起来
但总局限于跑，一直跑、拼命地跑
奔跑替我诠释着飞翔和无法抵达的尽头中
失败的虚无主义立场
我将局限暴露无遗，体力与美学的透支
惰性与妄念的轮番轰炸
但旷野始终对我开放，天空始终接受着
我的挑战与命定。牛筋草、苋都承担着
我失败的重量，并一次次弹回去
我是豹子，我爱上了奔跑也就爱上了
种种不可抗拒的孤独
同样，我是豹子，就拥有鲲鹏一样的
速度和羽毛，拥有驰骋者深谷、绝壁
与星空般的传说

九真山观鸟记

该如何书写这些水杉、松柏、曲水和游云
才不辜负汉语，从会议室退出来
离开酒店和人群。而世事
躲不开的。但在昨日晚课间隙
在黄昏后，我还是从餐厅溜了出来
在水库边独坐，像那只水雉
在革命草与芡实间更换繁殖羽
为语词，筑巢
如果语词可以安顿好生活，如果……
我就能领了留鸟的习性，在江湖上
步履轻盈，像诗一样
在没人理会的世界，活得没有逻辑
想到作协的耿瑞华主席从鲁院起
就操心我的写作，像水鸟观察员担心
过了众鸟的繁殖期，那只水雉
就不知向谁发出了短哨音。如果语词
可以换酒，换来一个好女子为我
打鸣，我愿意交出羽毛
和野性

抵　达

该如何抵达这些词

这些我命中的坟地与释迦牟尼

注定的失败，一路乔装打扮

混进诵经、打坐的队伍

我曾在这条取经路上盲目取舍

偏信、逃避、追杀轮番上演着语词革命

这些别开生面的阴影，又从朝堂上拽下来

但我依旧身披甲胄，像个美学上的衙役

一次次羁押着虚空

怀抱楚辞的理想和世界观

什么时候才能经由内心抵达这些词呢

在九曲回廊的命途中，静悄悄地来

静悄悄地去，内心则住着一个爱诗的和尚

不论疯魔时，不论死生事

诗艺

　　本辑刊发"湖畔同题"诗歌作品。我在编"湖畔同题"第21期时说过："同题本无诗，以众生诗写为其诗。"至此，《新湖畔诗选》已编定五卷。我们所提倡的"开自由之风，向湖山致敬"，已有些气度了。"湖畔同题"栏目，得到许多诗友的支持，我们则信守承诺，将优秀之作编入诗选。

　　诗歌的自由精神，向来为诗人所重视。新湖畔的同题诗，倾向于同题异构。也就是说，我们所给出的"主题"，是思想的触点，诗人们围绕某个话题，自由抒写。由是，每一首诗都有特质，而非同质化作品。

　　毫不夸张地说，对于出题者来说，每次"湖畔同题"的展出，都是意外惊喜。全因诗因人异。无形之中，某些主题被打开。诗人们所选角度，以及他们调遣词语的习惯，让原有的主题变得具体而饱满。或许，我们的同题诗栏目，又接近了组诗的概念。经遴选后，每一期同题，多则十余首，少则六七首，诗风迥异，诗意发散，恰有"围攻"之势，将旨意穷尽，何不快哉！

　　作为"湖畔同题"的主持者之一，我有些汗颜。编审，亦是偷师，之后，还要胡诌几句。此举确有画蛇添足之嫌。但总是按捺不住，想要为创作同题的诗友们说上几句，以示交流。大抵与我写诗兼事批评有关，抑或是我的职业使然，更可视为对诗友们创作的回复。

　　毕竟，孔子早就说过："诗，可以兴，可以观，可以群，可以怨。"

——主持人：尤佑

公众号"新湖畔诗选"（"湖畔同题"栏目诗歌作品选）

宋小铭诗一首

四　月

在一口枯井里，磨墨，书写乾坤，画游龙和惊凤
画远去的故人，正从四面八方徐徐归来
此时，花团锦簇，一些鸟正在啼叫
父亲扶住犁头，耕耘人世间最疼的那部分
群峰开始肃穆，听大地发出呦呦鹿鸣

是谁，最先走下祖先的牌位，在一条溪流里
洗涤红尘。晚霞散尽，一场雨
四月被淋湿，刻在岩石上的记忆被淋湿
一个晚上的时光，那些被春风抚摸过的野草
便爬满台阶。如果迷失，谁还会怀揣明月
在黑暗中跋涉，记起爱情最初的样子
淅淅，又下起雨
只有母亲站在村口，她比故乡更沉默

（选自"湖畔同题"第 12 期"四月"）

任泽建诗一首

黑夜里，我抚摸着铮亮的钥匙

黑乎乎的钥匙孤零零

独自留在老屋橱柜里

它再也不用开锁

那些紧锁的日子早舒展成

谁也不在意的时光

父亲习惯于把钥匙藏起来

藏在只有他自己可以找到的地方

那些藏住的秘密

其实就是一些柴米油盐

还有低低的叹息

春天的黑夜里

我抚摸着一把把铮亮的钥匙

哪一把才能打开焦虑

打开风

打开星空

（选自"湖畔同题"第 13 期"青年成长记"）

徐飞诗一首

疼　痛

麦芒刺向天空

为何我会疼痛

镰刀锋刃的反光

追逐我到异乡的梦里

月下磨镰的父亲动作变缓

最后被岁月凝固成一幅旧画

麦浪在画面汹涌

我奔走在麦芒上

我奔走在麦芒举起的月光上

一点也不浪漫

还乡的路跌宕在晚风中

月光庄严，所有麦子

都向着村庄的遗址跪伏——

哦，深渊般怀念

带给我经久不息的疼痛！

（选自"湖畔同题"第14期"麦地"）

蔡天新诗一首

放大的瞳孔

玫瑰色的塑胶跑道
代替了青草
覆盖在泥土之上

你的呼吸只能借助
近旁的山脚下
那支流淌的溪流

小鱼儿把讯息
传递给他的同伴
十六年，足以更新换代

推土机重又回到
孩子们的瞳孔中间
被无限地放大

他们伫立在起跑线上
凝视着远方
等待那一声枪响

（选自"湖畔同题"第 16 期"操场"）

诗
艺

芦苇岸诗一首

跑圈儿

夜晚。儿子学打乒乓球
我到楼下的操场跑步……身体
像一具散架的风车
跑第一圈儿
突然想起刚去世的老韩才六十六岁
莫不是应了谚语
祸害千年在，好人命不长
跑第二圈儿
想起梁小斌病危京城，双目失明
十年前，我的一篇随笔言及他的处境
体制内外，冰火两重天
跑第三圈儿
我想到离乡的父母，无业，无低保
劳碌命，一身病
每天都紧皱眉头吃饭和吃药
总爱说活着给我添麻烦
跑第四圈儿
我满脑子空白，实在跑不动了
计划的第五圈儿不得不放弃
是啊，一辈子谁能跑到头？我听到

自己的呼吸，像耕完

五亩地的一头老牛的喘息

但我不能倒下

对于家人，我一倒天就塌下来

跑不动，拼老命，也得走……

（选自"湖畔同题"第 16 期"操场"）

冀北诗一首

未来的一天

这一天迟早会来到
休止符拖着微弱余音
宛若一条黑色游蛇
出入我身体，化作一缕青烟

与尘世、与亲人、与草木
与你们，一一告别
更确切地说
是肉体和灵魂做最后的握手
他们曾经的合作，像父母那夜的缠绵
完美地塑造了我

那一天，我将带走他们在尘世
仅存的见证和气息
这并不意味着消失
仅仅是把灵魂还给了天空
把肉体还给大地

那一天，下了整整一夜雨
天上的云朵瘦了又瘦

地上的青草长了一寸又一寸
何必悲伤。风吹过来
我以另一种形态
在地平线向你们招手

（选自"湖畔同题"第 18 期"未来的一天"）

江巡诗一首

秋　歌

告慰人的，那不是失眠
黑色的臀部有着黑色的胎记
季节相交时
病毒就找上门来

别怕，只不过是
叩响一段新的疤痕
你让我进来，进来你
堂而皇之且一无所有之身

"除掉那些血肉痛苦"，你说
我看到灵长类们爬上陆地
秋天的圣女果比秋天甘甜

（选自"湖畔同题"第 19 期"删除"）

萧楚天诗一首

茶　客

一种比记忆更早的血
或语言褪尽文字

江湖日远
乘桴的人把大海也摇成旧梦

远国的山水也有只是山水的时候
江南的茶具
闽南的茶叶
岭南的茶道
远国的山泉懂茶性
在被驯服的过程中

除此之外，我还能用什么
把一个个素昧平生的地方
一遍遍养成故乡
当故乡也几乎忘了我是谁？

一场舞自己跳给自己看
茶烟在有无之间流荡

叶如襄王，杯如巫山
神女自顾自地转身
忘掉值得回首的

很多年前
那随时可以打开的回音
把路过的人变成琴弦
很多年后

（选自"湖畔同题"第 20 期"茶"）

司徒无名诗一首

隐　士

无际的夜色来临之前
总会让我难过很久
雨和炊烟混杂一起
院子里的小狗
耷拉着脑袋
正等着披星戴月的男主人

一片树叶回归大地
树上金黄的橘子欲言又止
隐藏起张扬
和这个黄昏融为一体

此刻的黄昏
正准备扛起自己
去挥毫一座山村的轮廓

（选自"湖畔同题"第 21 期"黄昏的诉说"）

江非诗一首

未达之地

一片没有人迹的树林
多年来
没有人进入
也没有人从那里面出来

一片无人光顾的树林
没有人对着它喊话
也没有人曾在里面应答
位于一个山包下去的山坳内

它看上去比别的地方更加茂密
那应该是根更加安静、发达
或者是覆着厚厚的落叶和梦
一直在那儿沉睡

或许那树林的存在一直就是真的
我和别人都曾站在高处眺望
都曾试着接近、进入那片密林
都在半路上折返

回来的路上，每个人的原因各不相同
有的是不想走那么远的路
有的人是惧怕了那没有人迹的去处
那么我？我是因为什么

也许我只是偶尔想象着有这么一个地方
离人不远，但人迹罕至
于风雨之夜，于深深的劳顿和倦意之中
有一处未达之地，让心有所属，而渐渐沉寂

（选自湖畔同题第 24 期 "林中"）

本辑选编的是部分诗歌公众号上发布的作品。本栏目兼顾地方性、青年性、民间性。当然，在全国海量的公众号中，它们只是极少数。

"诗盟""婺江文学""垄上诗荟""杭州诗院"分别在东阳、金华、荆州、杭州等地的诗歌文化中发挥着重要作用。它们为地方诗人提供了难得的平台，既加强了诗人间的切磋交流，又促进了诗艺的共同进步。"越人诗"立足"越人、越地"，以诗歌的方式推动新语境下新的越文化的生成。杭州、成都、合肥都是诗歌界非常活跃、在全国诗坛占有重要地位的城市。这种活力往往在多声部、多力量的激荡中形成。"金蔷薇诗刊""屏风诗刊""抵达dida"则分别提供了一种声音，丰富了这些诗歌之城的细部。特别是"抵达dida"，一直保持着旺盛的斗志和昂扬的姿态。

"北京青年诗会"具有较高的诗歌水准和理论建树，"成为同时代人"这一主题引发共鸣共振。"海岸线诗歌"尽管创办不久，但在诗人余退的主编下办得有声有色。线上作品与线下活动相呼应、诗歌文化与地方文旅相结合的种种措施，是值得许多诗歌公众号取经学习的。麦豆是一位实干的诗人。他主编的"3言贰拍"致力于推动江苏诗人的群体性亮相。他利用自己的资源优势，努力建立诗人与诗人、编辑、批评家的联系。"诗的城市计划"有着令人耳目一新的号名，推出的作品也往往耐得住阅读。这是一个安静而优质的公众号。其主编林宗龙既是一位风格鲜明的诗人，又是一位沉醉于影像的艺术家，因此该公众号拥有赏心悦目的界面，也就是再自然不过的事情了。

——主持人：马号街

公众号"北京青年诗会"

自 2014 年以来,"北京青年诗会"以"桥与门""成为同时代人""诗歌正义""荒芜之后的风景""没有英雄人物的叙事诗"等为主题,组织线下讨论会和朗诵会,这已成为北京诗歌界的盛事。因为纯粹——致力于诗歌主体性的建设,它赢得一帮真正爱诗的青年诗人的聚拢,他们切磋诗艺,交换对诗歌的认识,个人技艺不断精进,情谊也不断增长。本公众号是北京青年诗会的官方微信平台,我们在该平台上发布过众多实力诗人诗作、诗人访谈及其他文本。因为版面有限,所组稿件仅来自北京青年诗会部分活跃成员。(组稿人:苏丰雷)

江汀诗二首
江汀

安徽望江人,1986 年出生,现居北京,著有诗集《来自邻人的光》、散文集《二十个站台》。

验　证

真理在时间中变化着。
傍晚七点,它如同一摊淤泥。
从那里,我握住了某个女人的脚踝。

那么,你踩着哪些淤泥,踩着哪些伦理?

你只是做了一次散步，
恰好看到了草丛里幽暗的阶灯。

你记起一座小镇，想起那里的郊外。
天色好像经验，好像必然，
好像纯粹物质的过剩。

你摆脱我，像写尽一行文字。
你真的已经身处那里，
四周都是验证性的草堆。

直觉变得坚硬，可被手触摸，
如同典籍和梦境，
如一盏黄灯的执念。

然后，我们欠缺一个转折。
在那个瞬间，你想起我的虚妄，
那并非索然无味的本质。

漠然在生长

漠然在生长，像院落里遍地的苔藓。
我曾在家乡经历这种天气。
整个二月都这么阴沉，

当着祖父家中的木窗。

你擦拭窗台了吗?
杂物一件一件地复现。
它们不信任身上的灰尘,
尽管后者已经游历了世界。

时间轻微地腾出位子。
没有人死时会穷困得身后一无所有。
也不愿听到任何声响,但在黄昏,
村子里逐渐传来嘈杂的音乐。

我想象那是一场祭祖的尾声,
人们开始走动,踩在那漠然之上。
我想要出门。一场雨开始坠下,
可是在家里,没有适合我穿的木屐。

戴潍娜诗三首

戴潍娜

毕业于牛津大学，中国人民大学博士。出版诗集《我的降落伞坏了》《灵魂体操》《面盾》等。翻译有《天鹅绒监狱》等。自编自导戏剧《侵犯》。主编诗歌 mook《光年》。现供职于中国社会科学院。

看那浓妆多感伤

——写给横滨玛丽

在每一缕白发里　我认出你

玛丽，爱擦厚胭脂的玛丽
脸上砌满横滨的灰烬
看这浓妆多感伤
下辈子投胎做月亮

战后的云　是飘起来的尸灰

七十四年，恪守一个妓女的本分
站断一条街的，是秋夜的影子
一生只剩下一个"等"字
年轻的军官，不会再回来了
投进深井的吻，不必再复苏了
就连身体，也不再能分泌期望了
悲哀是可爱的玩具

视

野

127

万物弯腰的人间，至纯的音
等待着最屈辱的手指　奏出

重　复

秋梨膏的路面，老阿尔巴特街
零点出门，我模仿路遇的每一个人

不同的步态，驮着不同的人生
脚一滑，我堕落进他们的历史
重复他人脑海里的蠢物
重复佝偻的角度
重复不对称的嘴角
重复睡姿
战争中死去的人又一次活过来
重复的话，像先知吐掉的口香糖
一枚枚假冒的劣质勋章
解放之花开满胸脯

一场大雪就把大地宽恕复原

驰骋在昨日的帝国，我是潜入时间的鬼魂
从阿尔巴特街，到西伯利亚无辜的雪原
我已走过大半个世界，却还是个小镇姑娘
永远不知自己何时在重复

身体姿势里储存着过去三十年的全部习惯
我的出身，我的祖先，无数套中人
紧身衣，一代人无力抹平的悲喜
每一天我努力模仿年轻的自己
又屡屡在天黑前将她放弃
告诉自己，做明日的新娘

敢活着扮丑，死了方能美丽

我扮过了侏儒，扮过了中将大人
扮过乞丐，妓女，也扮过独裁者
在胆敢扮演上帝之前
让我先来模仿一个醉鬼
踉跄舞步踩着变革的爵士
第一圈经过了蒲宁
第二圈跟蒲宁干杯
第三圈蒲宁仍在等我
突然，被什么给绊倒
一尊肉体！

在我逃跑或道歉之前
那醉汉翻过身，举起晃荡的酒瓶
"兄弟，再来一杯？"

视
野

李浩诗二首

李浩

1984年6月生，河南省息县人。著有诗集《还乡》等，现居北京。

山下的语法家

我的头依靠在窗户旁边。眼里飞翔的蚊蝇，如同病毒。
阳光是什么时候射进红色被角上的，在我的内心，
没有预约便闯入私人住所的朋友，就像高墙外的窥视者——

让我无法原谅鼻孔里冒出的烟无声地与清晨的空气联欢。
面对事后的造访者，让我更加不忍穿上整洁的外衣走到楼下，
为他们打开锁和沉睡的铁门——敏感的肉身。
他们不晓得，晨光里的我经常被山上的鸟鸣撞痛眼神，

他们不晓得，四季变幻无常的花香，毫无身形地扎在我的神经。
我是一条蚯蚓，是的，我总是觉得我像一条蚯蚓在灌满水的麦田里伸着脖子。
他在寻找他心目中源自神秘哲学的死因，不料被一群秃鹰叼走了全身。

二十一世纪的白天

风在大地上行走，我分开海水，
让渔船穿过山林。一般的、不一般的云鳍，
在圣艾克苏佩里小星球上，运动
核雾。物体和对象的契约性，
在过去饱饮花瀑。在属于人类的
任何一个领域里，唯独苍穹中
明亮的众星，恒久地照耀着我们身后
即将隆起的山丘。我从这里，
走到那里。我们的故乡，在万物的踪迹内，
如同上帝瞬间来临。我的工作
是打破一堵又一堵隐秘的墙，但它们很快
就会被更多的遗忘重新筑起，
就像我一旦抓住起飞的羽毛，时间便会将我带到
春天的麦芒。我只能在另一个星球上，
相信我信奉的上主，是绝对的。
我搭乘一艘船，在陆地上，返往回龙寺：一个飞机
杜绝天空的村庄。我站在出航的泥塘中
和溺毙的我在夜路上叠置，
我将从静默的水中流进爆破的磐石。

王东东诗二首
王东东

1983 年生于河南，北京大学文学博士，现供职于河南师范大学。出版有诗集《空椅子》《云》，另有专著《1940 年代的诗歌与民主》。

石 磨

如此沉重，压在我心上
如一条黑色的阴郁的蛇
那石磨废弃不用，更显悲伤

那石磨，在风中飘动
我们谁能忍受，太阳注视着
石磨将大地碾磨成灰尘

石碾，将天空的麦穗脱粒
石磨又将大地的麦粒碾磨
仿佛一种加在我们身上的酷刑

将我们头脑的麦穗脱粒
在磨槽里，可以
看到我们的脸，我们的身子，血肉模糊

将我们头脑的麦粒碾磨成面粉

又将思想的粉末碾磨成了虚无
从磨槽里，飞出了轻盈的蝴蝶？

我的祖国啊，我听到
你在梦魇中发出痛苦的呻吟
你转了一圈又回到原处

初 春

我躺在院子的躺椅上，
阳光晒得我全身发暖，
我想要入睡，又不舍得，
微风提醒我所知甚少。

我躺在院子的躺椅上，
我想要入睡，又不舍得，
湖水折射的光在叶间闪烁，
微风提醒我所知甚少。

我躺在院子的躺椅上，
我想要入睡，又不舍得，
微风提醒我所知甚少，
香樟树的叶子簌簌作响。

视

野

柔和的鸟鸣声落入耳朵，
我躺在院子的躺椅上，
我想要入睡，又不舍得，
微风提醒我所知甚少。

我躺在院子的躺椅上，
太阳悄悄西移，不动声色，
我想要入睡，又不舍得，
微风提醒我所知甚少。

袁永苹诗二首

袁永苹
___

1983年生于黑龙江。现居哈尔滨。出版诗集《心灵之火的日常》《私人生活》，另著有《地下城市》《妇女野狗俱乐部》《刀锋与坚冰》等诗集、中短篇小说若干。

切 片

　他们带走你的一丁点儿，
有时，会带走你一大块儿。
他们选择喜欢的部分，
而你原地不动，听风听闹市，
任凭黑暗还原你，成为干净的婴儿。
在小酒馆，他带走你的前额，
此刻你又给他一片儿别的，
如果你有城池你会给他城池
有海洋的管辖权你也会给——
你放弃做君主的权利，
只想拥有一个廉价的拥抱
和普通情侣的可口可乐。
你丢失掉疆土和月季，因为
——吐露，沉默、等待。
他们经过你身旁，
带走你的一丁点儿，

有时，那是你的一大块儿。
你在心里却说：
别人给予你严寒和欺骗，
你回报给他高贵的艺术。

家庭生活

晚餐正在进行。
母亲分开的食物给所有人，
这是孩子的，这是父亲的，
这是死者的。灯光
照亮圆桌和人们的额头。
阴影，在木栅栏边儿上，
把自己留在那里一整晚。

苏丰雷诗四首

苏丰雷

1984 年生于安徽青阳。著有诗集《深夜的回信》，文学随笔集《城下笔记》。现生活于北京。

四行诗

我站在海边，鸥鸟落在我的肩上。
我的自语，它颔首。我的背后是另一个
大海，它鼎沸，被历代的暴戾煎煮。

我的心脏泵着深水，浇着过火的人类性。

四行诗

道德其实一再遭受悲剧的命运，你精构地揭露：
李尔，道德特洛伊城的普里阿摩斯；女儿们，
攻城的希腊联军。道德的不稳定，高纳里尔、里根的
媚言逆行；道德的本真，考迪利亚内敛的诚挚。*

---

* 读《李尔王》后写。

四行诗

隐身的年扔来一个岁，
像丢给我们一枚续命的游戏币。
它来而复来，仿佛信心于人类的最终，
我们却如行舟泛中流，又暮色幽幽。

四行诗

双驾马车只有一匹马，着火的它，狂奔在悬崖边。
另一匹马化为千万露珠，每一颗倒映一颗星辰。
悬崖，大地的失衡；天启的露珠，被践踏。
你总谈论毁灭：黄金、白银、青铜、黑铁，轮回。*

---

* 赠 DD。

公众号"海岸线诗歌"

由《江南诗》诗刊指导,温州市洞头区文联主办,立足"中国诗歌之岛"洞头,力求打造一个包容、开放、多元,体现诗歌现代性的诗歌平台。(组稿人:余退)

西渡诗三首
西渡

诗人,诗歌批评家。清华大学中文系教授。1967年生于浙江省浦江县。著有诗集《雪景中的柏拉图》《草之家》《连心锁》和诗论集《守望与倾听》《灵魂的未来》《读诗记》等多部作品。

北方的海

跟我谈一谈你的梦吧,北方的海
千年沉睡中你梦见了什么?
是不是禁锢心灵的魔法一旦解除,你
又变得胸怀激荡,蓝色的血脉偾张?
孩子们携手来了,叽叽喳喳,
像从南方突然来临的爱说话的鸟?

北方的海,请说出你心中的梦想
你的胸腹间,是否也曾升腾白色
骏马,横行天空,像热带的浪?

视野

北极熊骑着融化的冰山旅行，它
去的地方是否也是你要去的地方？
你梦中开辟的道路是否也浪花四溅？

北方的海，请告诉我你的梦想
一万只企鹅在你的岸边拍掌
是为突然来临的鱼汛？海豹
剃短胡子，是为庆祝，北方的海
你复活的日子，重新汹涌的日子？
你在梦中摔打自己，是为证实
这不是梦，而是幸福的心愿？

告诉我吧，北方的海，你还梦见
什么？你岸边立起的第一所房屋
落地生根，是因为冰层融化
土地就会长出植物，长出热烈的心？
啊，请你告诉我吧，那在雪橇上
被驯鹿拉着，驶向房屋的是些什么人？
你在梦中梦见的是生命，还是爱情？

为大海而写的一支探戈

海风吹拂窗帘的静脉，天空的玫瑰
梦想打磨时光的镜片，我看见大海

的脚爪，从正午的镜子倒立而出
把夏天的银器卷入狂暴的海水

你呵，你的孤独被大海侵犯，你梦中的鱼群
被大海驱赶。河流退向河汉
大海却从未把你放过，青铜铠甲的武士
海浪将你锻打，你头顶上绿火焰焚烧

而一面单数的旗帜被目击，离开复数的旗帜
在天空中独自展开，在一个人的头脑中
留下大海的芭蕾之舞，把脚尖踮起
你就会看见被蔑视的思想的高度

大海的乌贼释放出多疑的乌云
直升机降下暴雨闪亮的起落架
我阅读哲学的天空，诗歌的大海
一本书被放大到无限，押上波浪的韵脚

早上的暴风雨从海上带来
凉爽的气息，仍未从厨房的窗台上消失
在重要的时刻你不能出门，这是来自
暴风雨的告诫，和大海的愿望并不一致

通过上升的喷泉，海被传递到你的指尖
像马群一样狂野的海，飞奔中
被一根镀银的金属管勒住马头

黑铁的天空又倾倒出成吨的闪电

国家意志组织过奔腾的民意
夏天的大海却生了病。海水从街道上退去
暴露出成批蜂窝状的岩石和建筑
大海从树木退去，留下波浪的纹理

而星空选中在一个空虚的颅骨中飞翔
你打击一个人，就是抹去一片星空
帮助一个人，就是让思想得到生存的空间
当你从海滨抽身离去，一个夏天就此变得荒凉

死亡之诗

……这时候我所向往的另一半是死亡
在故乡的天空下重新回到泥土
把最后一份财富分给贫穷的儿童
瘦弱的臂膊上搭着最后一名
双目失明的民歌手，走下水中
在背阴的山坡后面彻底消失
这时候我还能看到最后的
宝石之光、在静止不动的水面上……

池凌云诗三首
池凌云

1985年开始写作。著有诗集《池凌云诗选》《潜行之光》等5部，部分诗作被翻译成德文、英文、韩文等。曾获《十月》诗歌奖、东荡子诗歌奖·诗人奖。

剩 余

我们剩余不多的爱，
由苦难之人来唤醒。
而缩小的词，涌向
夜的祭坛。

一些人已无法出声。
一些音节，被作为刺
拔除。

给我们无人认领的
遗物。给我们
乌鸦颤抖的翅膀，要我们忍住
哭泣。

难以辨别的致命之物。
飞着的灰。

没有答案的追问。
一个个带着秘密的
黑匣子。

悲伤的男人，女人。在二月，
冰雹收集痛哭：
神啊，如果这不是噩梦，
愿一些丧失
能被救回。

自我的深渊

一个人，成为自我的深渊，
手碰不到手，哭泣
找不到可以抱住的人。
拉紧的听觉
寻觅一根落地的针。

在一个密闭的空间，影子
屈向身体。空气中，
强烈的消毒水气味在弥漫。
枯萎的思想，受缚的关节
在阶梯上一阵阵痉挛。

干涩的眼睛，在猩红的地图上
挤紧。隔着翻腾的边缘线
一个人，接受卡口与烤炙。
更少的藏身处，
更多的炉火。

红树林

在滩涂中生长的红树林，
带有毒性的海芒果吊在枝杈上，
像一个个只有吹孔
却没有音孔的埙。

这让风声转调的乐器
呜呜地向天空吹奏，
让树林深处的精灵们
晶莹剔透的身体变得炽热。

被海水周期性淹没的红树林
风的声音厚重而低沉，
而白头的苦恶鸟的歌声
都有拖得长长的
让人久久无法忘记的尾音。

王静新诗二首

王静新

曾用笔名沙之塔。1981 年出生，浙江温州人，浙江省作家协会会员。
出版诗集《水上多烟》《虚设》《星图时刻》。在《青年文学》《诗江南》
《草堂》等刊物上发表过诗作。

花　圃

童心的禁地同时也是

童趣的中心，捕蝶的耐心

已经绕了好几个来回。原因是

蝴蝶留恋花香，孩童留恋

蝴蝶闪烁的衣袂，这样的场景

犹如参与了童话，有一大半

用来装饰虚幻。幻觉是，每一朵鲜花

都散发着小典雅，每一朵，都轻盈到失重，

每一朵，微风泄露了它的情绪，样子就像

刚刚从天蓝里收到了情书。承认小花圃

谱写的插曲，就是承认情调的小路

也能排遣困顿，我们的思想

仿佛光临了一只飞碟，惊讶传播神秘，

渺小支持了探求。结果是

童心主动了一回，爱心纯粹了一刻。

理发时刻

头发洒落一地。
电音的节奏激越着，
那外来的乡村少年正奔向阳刚。

而过短的裤子
和旧牛仔衣已不适合他的骨架，
愧对他内在的棱角。这些都
一起裹进宽大的理发布中。

正是一首女声的环绕
在吹风机的间歇
激起那金色的理发布
不住飘飞。

为那镜中自信的目光，
和小城即将迎接他的
某一种夜色，某一种气息。

他不断地打量发型，
就在额叶之上，紧随着

所有激情和梦想。

刀剪推动着自我的舰队——
他将无所遮掩，无所顾忌地
进入大海闪光的正午。

林宗龙诗三首

林宗龙

1988 年生于福建福清，现居福州。已出版诗集《夜行动物》。

夏夜田径场

田径场中央，孩子把发光的飞箭，
射到漆黑的夜空，
那个带来乐趣的玩具
慢慢地降落，被接住
或掉到草坪里。
这时候，母亲可能会说："它回家了。"
或者："它要开始新的旅程。"
坐在最高的台阶上，
我时常想着，我们的源头在哪？
一只萤火虫因接纳了这里头的爱而出现。

生日诗

——写于小家伙 6 周岁

此刻，雨正从我们的来处
落在屋顶，你的父亲，又站在窗户旁
注视着这盛大的星球，
一根白色水管，在滴水

布谷鸟躲在石楠茂密的树枝里，

它露出的圆脑袋，

像某个生动的下午

你从床铺跳下来，抱着绒毛礼物，

去往一个哲学的房间。

（那很可能就是我们的去处）

你的母亲，从银河系袋子放出的萤火虫

在飞船周围跳跃。

洋桔梗

你可以闻到我们房间里

洋桔梗的香气，萦绕在橘色的窗帘

和桌子上的一小块光斑。

并不明显，但又有一处成为记忆之地。

又有一种变化，令我们

停下来：拥吻，成为彼此的集体。

我们静止下来：快乐。不安。找到希望。

我们什么时候，在这里出现。

我们留意过，那淡黄色的花苞。

杨隐诗三首

杨隐

1983 年 12 月出生，籍贯温州。现居苏州。曾获第四届扬子江年度青年诗人奖，出版诗集《镜归何处》。

独行之鸟

它走得很快，不停跳过
那些虚构的栅栏。那是高处的树枝
因为战栗而留下的阴影。
有时候
它会突然慢下来
侧着头，似乎在倾听什么。
月亮的脸慢慢显露
像混沌往事中惨白的部分。
我们一前一后地走着
在灰暗的长街上
像两个人，或是两只鸟。
我是说，本质上我们是一样的：
作为这个冬天的囚徒。
一阵冷风，让我紧了紧衣领。
它突然感受到了什么，掠过身子
飞上天空
像一只黑色的口罩
——那人性中缺失的部分。

视
野

151

照　亮

——给妻子

"祝你生日快乐——"
这是她未曾设想的场面。
一个三岁的小女孩
对着她咿咿呀呀地唱生日歌。

关于过去、现在、未来的想象
在这个时刻交织。
这么快，她生下的孩子
已经学会为妈妈的生日祝福。

她无比开心地笑着
闭着眼睛许愿。
她一定想到的是另一个日子
那个她发光的日子。
她值得这样的恩典。
她将一次又一次
被这束反射回来的光照亮。

祖 父

一如既往，中堂墙壁上
那个瘦瘤的老人
在镜片后定定地看我。
自我出生后他就一直待在那里。
母亲曾谈论过他
用她一贯的轻言轻语：
他曾将一樟木箱的纸币
摊晒在屋顶
但不幸被年少不更事的叔叔
偷走，挥霍一空。
我一度梦见过那些传说中的纸币
花花绿绿的，像一件百衲衣
在风中飘扬。
没有更多的细节可供揣想
一段幽暗的家族史，默片一样
在黑白电视机的雪花中闪烁
最终定格于一个镜头：
他在中途将划桨
交给我们
然后纵身跃入水中
独自离去。

谢健健诗二首

谢健健

1997年生，浙江温州人。有诗散见于《诗刊》《江南诗》《浙江诗人》《星河》等刊物。

雨中访江南长城

雨落下来，折成伞状
遮蔽我们尚存余温的触碰
很多时候，你数不清登山的台阶
看它一级级滑过，落在山脚

在长城上，你得以平视雾中的巾山
看岭上的云，为她编织前朝的发式
你因此闯入了时间某一刻的指向
如同此刻你轻抚城砖，那湿漉中带着
不知姓氏的士兵，残留血液的温度

它留下来，使江南与长城构成词组
使雨中，有经久不息的人群登山
他们如你我获得历史馈赠的高度——
只凭一阵风，纷扬城头经年的酒旗

雨落下来，使来路多烟

使长城冠上江南不变的气息：
烟雨朦胧，工业的齿轮在此停歇
青史如旧城砖正铺陈眼前

去临海

古城千年，浪花不过一瞬
括苍山高远，弥漫你看不清的
雾气旋涡。星子就那么纷纷落了
下来，已经来不及许下愿望
也忘了从前，说过要和谁来观星
峰上雨冷，瑟瑟山风如手刀飞来
剖出你隐藏的回忆结构：
另一座古城下过另一场暴雨
我们赶在淋湿之前追逐东君
小巷深远，埋藏众多台门旧址
雨落檐口，滴答声隐秘传出琴弦
一羽白鹭，飞过拈花水镜，荡起数圈
褶皱的纹理。此去经年
吞声祝白头，或许活到古城的
年纪，那个女孩
才会被流水相送，接住落花

公众号"诗的城市计划"

像永恒的时间，在无限流动着。这一秒或下一秒会生成什么，完全是个未知数，但就像塔可夫斯基对电影的注解那样，"一部好的电影一定能够让人充满回忆和诗的联想"。"诗的城市计划"同样如此，让城市恢复"诗"的质感和联想，让更多的人参与到"诗"的修复中来，而"诗"的修复，其实就是心灵的修复。（组稿人：林宗龙）

余怒诗三首
余怒

1966年生，当代诗人，著有诗集《守夜人》《余怒诗选集》《余怒短诗选》《枝叶》《余怒吴橘诗合集》等和长篇小说《恍惚公园》，获2015年度《十月》诗歌奖、第四届袁可嘉诗歌奖·诗人奖等。

就看你如何看待一只穿山甲

有很多违禁品不为
人知在你身上。每天你
带着它们出门会客在
握手间偷偷塞给他们而他们
只是觉得你的手温暖。
在机场你看着别人检查你
的行李箱偷偷乐不表现

出来像没事儿一样。你
喜欢机场的氛围小情侣
一个想飞一个挽留。根本
不是诱惑的问题也不是
情感纽带的问题。像是
正处于带着罪恶感的
发情期：在一只穿山甲里。
"稍后你的身体会告诉你
很多事情。""对于它我已
无可奉告。""披着鳞甲。"

雪夜篇

一个人独自走着是
抽象的：罔顾四周。
两个人并排走着就
很具体：有对称法则。
相互印证尤其当他们
突然被一句话惊到不理会
雪中行人的眼神在
斑马线上翩翩起舞时。
电话里他和她语调
轻松谈论着从前
的欲望（室内悬浮的

灰尘颗粒）绝口不谈
现在（吸尘器）。分身
为罪犯与看守——多年
奇特的寄生关系。描述
各自所见遮遮掩掩只提
周围景物（脚印下雪地
栅栏上天空）不提
梦中所思（雪夜里空气甜）。

科学论

绝望没有相似之处你的我的。
游人本地人。热带雨林苦寒之地。
发育正常的孩子耳障孩子各有其
时空认知有声状态无声状态。我们
不加分辨一概而论头疼足疾
胡乱投医。同一种药方是把黄金当作
全世界绝望的象征我们收藏。
工人们在切割房子。起重机将它
整体挪移到另一个地方。你以为异地
更适合你就像没有嘴巴直接用
胸膛呼吸这很可笑但反而成了科学。

年微漾诗二首
年微漾
———

1988 年生，福建省仙游县龙坂村人。现居福州。

小城故事

大体是平静的：榕树的浓荫
覆盖公路。偶有汽车开过
带来转瞬即逝的幻想

从西河到四桥，有段废弃已久的江面
夜里，船只屈指可数
仿佛正熨着一件发皱的纪念品

是的，礼物有时替我们说出
难以启齿的感情。一件布偶、一块石头
或一只铁罐，都是来自身上的器官

那年十月，三角梅凋谢
城中小小的房屋，窗户向北
没有可供发愁的明天

你站在巷口简短告别
巷子里有家杂货铺

女店主靠生火挨过寒冬

小火炉上火焰在跳舞
我也想有这样的妻子
她爱这个家爱得噼啪作响

九百里韩江昼夜流淌

九百里韩江昼夜流淌。不可以太急
太急就会骤变成行军，士兵背起了南宋
壮烈地沉入元朝。亦不能太缓
祭文一日未抵，鳄鱼就继续趴在
头盖骨上，啃食艳阳。太清就柔弱无骨
柳枝取代木棉，太浊就穷凶极恶
广济门竹木门上水门下水门，通通形同虚设
祖先的英灵，因为后裔们四处迁徙
要遭受第二次车裂之苦。它应像织布机
舒缓地流，有节奏地流，带着木头的关节
在流，也暗藏金属的质地在流。它不止
流向反叛和抵抗，也流向回归与顺从
它把雨季织成一段一段的江面，把过客
认作满脸泪水的义子。我曾在江边
入住的三个昼夜，令人记忆深刻，令我拒绝
更多的人，把此间当成故乡。我像个囚徒

对它怀有专制的迷恋，我的爱就是破坏
地图上虚无的祖国，道路旁错误的远方
还有瓜架间多余的花海，只留下方言
给故交写信，劝他们回家，在某个雨天
九百里韩江昼夜流淌，水温适中而生计简朴
我住在江边，易生荣归故里的满足
女人忙于生子，男人要去市集，他等待天晴
如同此刻孩子在摇篮里等待一个姓名

陈亮诗二首

陈亮

1975 年生，山东胶州人。写诗多年。近年漂居北京。

温　暖

那些小路是温暖的，被暮色舔着
被庄稼的香气熏着
泛出微茫的白光
是人们走走停停走出来的那一种白
是柴草的骨灰撒在土上的那一种白
那面落满鸟屎的东山墙是温暖的
墙上有个铁环，牵出的马在这里
踢踏打转，晃动肥膘
用尾毛扑打着发红的蝇虫
它咴咴叫着，散发出亢奋
或少许劳役怨气
游街的豆腐梆子是温暖的
好久没见到他了，今天又突然出现
头顶金光闪闪，宛如菩萨
传说他患了癌症，相信这不是真的
父亲是温暖的
他几乎一直在菜园的井台
提水浇灌，井水热气腾腾

让他瞬间就虚幻了

看不出他是六十岁、五十岁，还是二十岁

而母亲蹲在那里摘菜、捉虫

时间久了就飘回家去——

你也是温暖的，那一年我在家养伤

墙上的葫芦花开了

你一早去邻家借钱，轻易就借到了

你的脸沁出汗

不断说好人多好人多

一头羊是温暖的，天就要黑了

它还在吃草，肚子很大，准备生育了

鼓胀的乳房拖拉出奶水

它的眼里，还有声音里

有一种让心肝发颤的东西

它嘴里永远嚼着什么，似要嚼出铁沫来

田野里还剩下最后一个人

月亮还没有从牛头岭里拱出来

天很黑，很大，要吸走了一切

田野里还剩下最后一个人还在动在响

类似于一头累坏了的狗熊

看不清他的所在

只听见他越来越重的喘息

扰乱了虫子们的狂欢

和一滩野花的开放

让雾团压低，田野无声凹陷

让你想大喊，却想不起要喊什么

想对着什么大声说：滚开——

却并不知道什么就是什么

他在继续喘息着

那把铁锨闪着微弱的光亮

真不知道他到底什么时候才能休息

他的手脚似乎已经被谁控制

或者已经被疲惫的人们遗忘

像一块无名的墓碑

没人来领他回去

一朵野花，终于，憋不住开了

花心里散出了更多的苦

一个虫子，终于憋不住叫了起来

音子里飘出暗红的血丝儿

田野里还剩下最后一个人

我实在不忍心说出他是谁——

后白月诗三首
后白月

诗人，画家。现居重庆。

无核之诗

空气抱大腿。
依赖想象妈妈——万物浓汁——
瞳孔里。

选你做子弹，装进鸟儿的流动脑袋。
那个捉摸不透的地方会开玩笑。

熊掌握着这个玩笑：
枪口对着鱼翅：真的，试试。
打死人类你就得救。

抓不到真相妈妈，通过你向别人，
别人又向别人，打听。
哪个世界更敏感。请问，
人前面有什么？如果人人倒下。

肺腑一堆篝火，里面有生活过的灰烬。
枪对准良心的时候，里面又什么都没有。

水

时间的雌性取出，高台存放。
淹没结果在保密局。
赶紧驱赶伟大——我们。
唯一的数据：无家可归——
偶尔想象弄掉休息。

不联系——在算计中。
空间全面赴刑——
遗憾、恨、追悔莫及无法触碰的过失广场里，打包。
抓不到什么——说谎者肯定的是另一回事——零件——
大海——语言的气泡。而每胎有血有肉。

水，转移沙漠。不让血肉渴死。血肉互助。

山

有从不流淌的河。
不能解决的渴望。
不攀上去。

你是来安慰万物的。你不要动。

张晚禾诗三首
张晚禾

生于 1990 年 4 月。现居北京。

父亲的假牙

曾经有人说，他给我的结婚嫁妆

会是满口的金牙。我想起了我的父亲

那一天，父亲随手摘下他的活动假牙

递给母亲，母亲将它丢进一个

塑料杯里，动作游刃有余。那是

一块粉红色的牙具，镶嵌着三颗互不相连的

假牙，它们相互间隔着一颗假牙的距离

从未感受过彼此的触感，只是那样单纯地

庄严地间隔着，为了完成使命，为了

让自己在价值发挥的竞争中不至于败下阵来

那样认真，僵硬地间隔着，完成使命

那是一次很偶然的机会，也是我第一次

看到父亲的假牙，以及他摘假牙的过程

父亲脆弱地陷进沙发椅子里

目不转睛地看着眼前的假牙叹息

他没有发出任何声音，或者他早已不具备

发出声音的权力，作为一个男人

早已不具备，为自己落一滴泪的权力

或许他更愿意成为自己的牙齿
躺在即将衰老的牙床上，为自己
研磨精神食粮，或者走完余下的生活苦旅
或者彻底地脱落，或者
作为其中最孤独的那一颗，把自己
深深嵌进自己的肉里

海街日记

一座身体的花园，一座
被放纵的，孤独的情欲，正独自

悄悄地发芽，盛开。仲夏夜
那些梅子味的酒，沙丁鱼，那些被海潮

拒绝的微波，煽动着欲求。刮过身体的风
也要变得清脆易碎。此刻你是蔚蓝的

寂静的，
你在慢慢变回你自己

有什么不可以吗？在镰仓
少女们潮湿地生长

没有一辆车到四惠东

没有一辆车，到四惠东
这个城市，没有一个人
从苹果园，到四惠东
从这里，到那里
没有一个人出走，没有一个人
乘上一辆，到四惠东的车
这个城市，没有一辆车
从四惠东出发，开到一个
不叫四惠东的地方
这个世上，没有一座城市
会有一个地方，叫四惠东
所有的地方，没有一个地方
会让我到那里去
会让你从那里来
就像我们不会乘同一辆车
到四惠东相爱

念琪诗二首

念琪

福建福清人。现居福州。著有《芷叶集》《守望吉岚》等。

霜　降

国王开始温和起来
有气无力地抚摸万物
西湖的菊花盛开如蟹
披上秋天一样的外套

母亲嘱我添加一件秋衣
暑热终于遁逃
今天开始，是一年冷的吉兆
河流会结冰，田野覆盖白雪

身边叽叽喳喳的小鸟早点滚去冬眠
还有毒蛇，退出恐惧的舞台
中午，母亲会煮一锅芋头米粉
可以抵御一生的寒冷

弧 光

太阳下山之前
擦着余晖，一只飞船嘎嘎飞来
悬浮在面前
从舷梯走下了小矮人

头部有气流笼罩
他说名字叫也洛因
是外星人
几万年前已经来过地球

是他们用弧光送来了科学家
创造了生物
不信，你打开创世纪的经典
逐条对照

彼时，飞船来的光阴
代表一个故事的开端
谁能相信大地苍生没有母亲
无缘无故有你有我

假如这是真的光芒
需要一条逆光的途径
开启过去和未来
也许谁都不用喝那一碗孟婆汤

公众号 "3言贰拍"

注册于 2016 年 9 月，为个人公众号，主要刊发麦豆的诗。2019 年开始也刊发江苏和全国其他省（区、市）诗人的诗，以中青年诗人作品为主。对于在纸质刊物上发表作品的优秀诗人，使用微信公众号平台补充刊发作者的其他稿件，略补遗珠之憾。该诗歌公众号的最大特点是定期邀请诗歌刊物的编辑老师对江苏诗人的诗歌进行点评，以期能够为作者与编辑老师搭建桥梁，促进诗人的进步。

（组稿人：思不群）

陆闵诗二首
陆闵

本名范尊贤。1995 年生于连云港，暂居上海。偶有作品发表和获奖。

冰　雪

母亲像海绵一样将我抱住，柔软地
拿走我的眼泪，我眼中的缝隙在与海绵对应
像破败的农村中，杂乱的天线与树枝
分割着冬天。我和母亲都曾见过
在风之外还有使树枝断裂的事物
那是一只突然飞起的鸟
双翅扇动几乎听见噗噗声
它带着我们望向落日中冰雪未消的田野

并将夜晚长久地留给我们
而我闭紧双眼
不知道黑暗中的滴答声来自什么
母亲重复着昨日，像海绵一样
将我抱住

距　离

是暴戾还是温驯。在暴雨的花园旁
闻到香气，丝缕如雨水在
手臂上滑着。我们站在屋檐下
样子亲密，却很难分享这种感受
那些你种的花，烂在
泥泞中。我将穿着雨靴，找到
遗落在花园里的耳环
知心人要忘记自我，来到对方的心中
而我又要占据你的什么
除了陌生的今天
它一直坠在你耳朵上，摇出
门铃的声音

李晓愚诗二首
李晓愚

女，江苏人。写小说、诗歌。著有诗集《到你的房间看月亮》、中篇小说《病人》及短篇小说若干。

一个青年艺术家的肖像

故事与故事的相似性

远远大于人与人之间的相似性

一个青年艺术家

她茫然地思考

徒劳无功地写下

流云般的文字

她还没有愚蠢到想要不朽

她躺着

光想想已经耗光了天赋

她想辞去一所房子

辞去一个人

和另一个人的相似性

辞去一座城市多雨的气候

辞去它多变又多情的口音

辞去两千万尚未交换的可能

一个青年艺术家
她拥有的，太多
以至于不得不抛售——
仅有的那一点不同

窗外的流云
屋内的私语
它们将用什么样的语调谈起她

任何语调都显得轻浮
而沉默未免过于狡诈
遗忘，而遗忘
才是一个青年艺术家的宿命

隐　喻

她的恋人走了
一颗星坠入深海
身体如一杯杯啜饮后空置的酒杯
她靠在小酒馆破败的墙上
想起多年前，在南方
那个莹绿色的雨夜

雨点如鼓点

关于离别，她有一套体面的哲学

她研究它们的时候

尊贵似忧伤的女王

她抬头，和一个神秘的摄像头

对视

离人的眼睛

悬置在她的头上

一只手毫不费力地抹平

他们之间的日夜

就像她撕下旧日历

随意却必须，没有痛痒

后来，她靠阅读卡夫卡矫正时钟上的日期

她没能写出卡夫卡幽灵般的情书

多年后，她明白

摄像头才是时代的隐喻

许天伦诗二首
许天伦

1992 年生，江苏金坛人。因从小身体重残未上过学，仅靠一根手指创作诗歌。作品散见于《诗刊》《十月》《北京文学》等。著有诗集《指尖的光芒》。

山顶上的放羊人

离天空更近一些了

似乎一伸手，就能摸到橙子般的太阳

放眼望去，可以望到山下

那个炊烟缭绕的村庄

今日天气晴和，再没有比这种时候

一览众山小更愉悦的事情了

云在头顶上，相互嬉戏，追踪

它们像是永远长不大的孩子

这时，一个手持羊鞭的放羊人

赶着一群羊走过来了

他头发蓬乱，衣衫破旧

我见他一次次扬起鞭子

激愤，而又张扬

像是从体内迸发出的闪电

抽打着颤动的天际

视野

再写刀口

我背部的刀口
是三岁时一次手术留下的
这道十几厘米长的口子
像瓷瓶上的裂纹
更像恒久不变的经文
这些年来，我都背着一座寺院
以至于
我每次挺了挺背脊
骨头里，总会响起旷远的钟声

傅荣生诗二首

傅荣生

江苏泗阳人。获2017年《诗选刊》年度优秀诗人奖。作品见于《诗刊》《十月》《星星》等刊物。著有诗集《木屋守望的渡口》《把心底的盐还给大海》。

我爱这一枯再枯的荒草

这荒草
交出体内的雨水
成为时间
最卑微的标本

风吹来
阳光稀疏
行人的身影
在草丛里
像淡淡的盐迹

这一枯再枯的荒草
覆盖着我们
不忍知道的
一小部分

麦秸垛

被雨水
上了无数次漆
越来越像
陈旧的事物

几只麻雀
偶尔落上去
那重量
让它又
矮了一些

讲经的人说
它里面的鲜亮
从未熄灭

思不群二首
思不群

原名周国红，1979 年生。作品散见于各文学期刊。著有诗集《对称与回声》《分身术》，与人合作编著《苏州作家研究·车前子卷》。

夜读张孝祥

你驱遣星月
我吹动尘埃

你手拿玻璃裁纸刀
我寻找书架缝隙间的歌啸

夜色里，客厅阔大如天地
万有如星光一样遥远
台灯向着江边渔火靠近

一把杯盏的喉咙
攥紧了春夜的双手
扼守住单向通道

纸薄的小舟折叠又折叠
迟迟没有驶离我手掌的水域

鹿

卡夫卡来到江南
抬头吃树上的叶子

她支起枇杷叶片的耳朵
两枚尖新的月亮隐在眉间

当有人读出脊背上的日记
夜晚会落下苜蓿般的不安

你知道，那让我们伤脑筋的
总是同一个谜语

当她抬起栗色的小蹄子
如一柄棒球杆，敲醒我

公众号"抵达 dida"

由《抵达》诗刊主编汪抒于 2016 年 6 月 4 日注册。推送具有现代精神和表现形式的诗作。（组稿人：汪抒）

汪抒诗二首
汪抒
——
曾出版诗集《堕落的果子》《餐布上的鱼骨架》等。主编《抵达》诗刊。

透　明

一匹透明的马
走过深夜空寂的大街
我正好失眠，站在窗后
大部分路灯已经熄灭
我看到它低着头，迈着
沉缓的步子
四蹄霜花闪耀
而傍晚时分，也是在这扇窗后
我看到一个穿薄呢短裙和靴子
的少女
有点慌张
从楼下停泊的两排车辆中间
匆匆地穿过

她与午夜的这匹马
不完全一样
又有些神似，这将耗费我
接下来漫长而单纯的后半夜

草　原

世界的尽头不是海水
而是草原

我与草原彼此交换了自己
最珍贵的礼物
——内容保密
它不是雷电，或者云影
嘘，甚至也不是
寂静

我完全回避了一匹马的好奇
一只羊
一只鹰，或
一只狼的好奇

世界的尽头仍然是草原
无数根寂静
像草根
在奔腾和汹涌

七诗一首
七
一

原名王双霞。爱好瑜伽、写字、喝茶，怕灰尘，怕噪音，怕爱。

风木悲

真的很久
没有梦到爸爸了
幸亏在我身上
到处都能看到他的影子
高个子是爸爸给我的
长胳膊长腿长脖子
是爸爸给我的
长睫毛大眼睛
是爸爸给我的
随便吃不会长肉的基因
是爸爸给我的
善良　矫情　敏感的性格
是爸爸给我的
还有我心脏的隐疾
也是他给的
让我在不开心的时候
能够和爸爸有同样的疼痛
疼痛时能够吃同样的药

许俊诗一首

许俊

1982 年生于安徽肥东。偶有作品发表。

巢湖姥山岛

一滴雨即可点燃姥山
这堆篝火聚拢落日与星光
噼啪作响

树，静静地安抚潮水
秋天在草原上坐化
骏马鬃毛燃烧，蜡烛发芽
我只需拨一拨眼睛里的灯芯

可以叩首，可以舞蹈
月亮有节奏地敲击我们
不曾合目
泪水生出古铜色鳞片
正一尾尾游

方启华诗一首
方启华

1986 年生，安徽无为人。现居合肥。诗人，时评人，专栏作者，凤凰网安徽特约评论员，诗歌作品常见于《诗歌月刊》《中国诗歌》等，出版诗集《生活在远方》。

遇　见

你瞧这满地的烟头
还有满桌子的剩菜、剩酒
你也不用管，反正会有人来收

你瞧有些人醉醺醺地走
有些人静悄悄地走
你也不用管，反正我还没走

说实话，我怕每一次笙歌之后
你们都走了，我仍然没走
我不会走，我也无路可走

那些轻歌曼舞很快就忘了吧
那些笑声都长出了一对翅膀吧
现在，整个六月都在回荡那些声响

何止六月，整片天空，整个脑袋
一会是白衬衫，一会是红裙子
一会是花花绿绿的我们
一会又是无边无际的大海

蓝弧诗一首
蓝弧

原名李丽红，安徽宣城人。宣城诗歌学会副秘书长，曾在《中国诗歌》《宣城日报》等发表小说、散文、诗歌。

紫花蕾

就喜欢　看她将开不开的样子

无声地粘在枝上的紫花蕾

催人期望

她不开　我欢喜　她若开

我甚欢喜

公众号"越人诗"

创办于 2016 年 9 月 24 日，为民间诗群"越人诗"的网络发布平台。"越人诗"成员涵盖苏、赣、沪、浙、闽、粤、桂 7 个省（区、市），以"越人、越地、越文化"为立足点，以"越人的风骨尚在，越地的文脉未绝"为激励，经过几年的书写实践，创作出大量优秀作品，在国内民间诗群中，具有明显的地域性、思想性和冲击性。（组稿人：杨雄）

杨雄诗三首
杨雄

1974 年生，浙江台州人。发起成立"台州十友"和"越人诗"，先后主编《诗评人》《中国江海诗歌》。

夜雨之后

台州府夜雨一场，上游星球的海平线自会沉降
浮现出来的礁石就是山岗，有幼虎出没，白鹭在鸟鸣之后失去晴空。

此时春风已生，你提着咳嗽回来，你的家师提着短柄的锄头去了上游
此时的白云阁就是太阳系的前世，外有落日，内有大光明。

我从温州回来的疲累犹如拖着一个星球

山崖有不沾泥土的本意，你我有奔波三天的头颅：
原来人世都是得病的松林，黄发，低眉，肠胃不适地垂下松针
原来前朝的故人都是单纯，此时路过楠溪江的，都是冥王星流
放永嘉的负心人。

父亲在我的梦里再次死去

好几次了。这次我们在大限之前不再悲伤
我甚至和他讨论起他这辈子的喜好
讨论他唯一放不下的女人
我那个自理能力很差、被宠坏的母亲
在后来的五年里，是如何变成电视购物狂的

李浔诗二首

李浔

中国作家协会会员、浙江作家协会全委会委员、湖州市作家协会副主席。出版诗集《独步爱情》《又见江南》等。1991年参加《诗刊》社第九届青春诗会。

春　色

丰乳硕臀、桑叶肥大

江南的春终于有了情与色的对比之中

安静的人无计可施，幻想的人都有各种倒影

每一棵桑树都心照不宣，高贵而不凡

你看，坐在桑叶上的天虫

无视时间，无视高低，无视那些不懂绵长的人。

与白胖的蚕一样，一朵白云

洁白的背面一定有更洁白的影子

和一只春茧一样，为了那根丝，可以作茧成仁

在春天，洗干净的手

总是犹豫在有理与没理的纠缠之中。

视
野

191

河蚌会让人安静下来

"别急着过河，看看将要离去的地方。"
这里，树已陪着你长高，鸡鸭已有方言
一只河蚌，都能让人想到冬阳
它懒洋洋升起又懒洋洋落下。
"别急着过河，让人慢下来是流水的初衷。"
河滩上，一只河蚌让远方更慢
让外乡迟疑，让流水有了犹豫的时候。
河边的摆渡人，也有了涣散的腔调
他说，只有河蚌能让他安静下来。

蒋立波诗二首
蒋立波

浙江嵊州人。现居杭州远郊。辑有诗集《折叠的月亮》（1992）、《辅音钥匙》（2015）、《帝国茶楼》（2017）。曾获柔刚诗歌奖主奖（2014）、中国诗歌·突围年度诗人奖（2019）等奖项。

己亥年正月十二，与唐晋郁葱庆根炜津诸友雨中同访郁达夫故居

连日冻雨，富春江寒雾茫茫，
像一个乱世中的祖国不可触抚。
偶有零星雪子，频频袭扰疲倦的雨刮器。
来不及返青的柳条在耐心地垂钓
现代文学史上一个失踪者的形象。
你曾经出发的南门码头犹在，
但被时间废弃的航道已不可能再次挖开，
只有青铜的身体里沉埋的铁锚
还在紧紧拽住不可靠的记忆。
仅仅一个下午，我们竟然几次遇见了你：
在富春山馆，在故居门口，在鹳山公园，
在陈列柜展示的模糊的照片上。
但究竟哪一个才是真实的你？
清癯的，英俊的，落拓的，颓丧的……
或许一个都不是，或许每一个形象的意义

仅仅是为了背叛另一个形象，

就像玄铁否定青铜，发黄的纸张否定玻璃　旧体诗否定意识流

小说。

春天斜体的细雨，否定迷雾深处

被用力拧出的悲剧的生平。

快要开谢的两株蜡梅像互相争吵的

上联和下联，在平仄中构成一个更大的矛盾。

敲打芭蕉的苦雨，反义于一只柚子内部

因不断皱缩而缓缓聚拢的甜。

溪边的皮箱

在乡村，时间几乎是静止的，就像溪边那只白鹭

在那块几乎专座一样的石头上半天不动。

我早就忘记今天是几号，星期几，或者农历初几。

如果不是朋友圈提醒，我早就忘记，武汉封城

已整整一月，那么，我隔离在这个村子也应该刚满

三十天。我惊讶于一种可怕的健忘，村民们已经

纷纷脱下口罩，用久违的三分之二面孔接受

飞沫的问候。那些曾经高烧的单词似乎已逐渐变凉，

我甚至已经遗忘，那用变白的肺奋力吹奏的哨音。

而白鹭已多少天没有飞来？只有长尾山雀

还垂挂在电线上，像一个破折号，但并不引出下文；

鸭子仍在大摇大摆穿过乡村公路，那通红的脚掌

刚刚在溪水中测试到春天的体温。如果不是
溪滩边丢弃的一只皮箱，那死者的遗物，
人们肯定已经想不起，死亡曾经离自己如此之近。
这是这一带的风俗，似乎在奔赴另一个世界的路上，
死者仍然有义务携带这笨重而无用的行李。

湖北青蛙诗二首

湖北青蛙

本名龚纯。在湖北江汉平原腹地长大，2000年外出谋生，寓居上海、昆山两地。出版诗集《蛙鸣十三省》《听众，小雨，秋天和国家》。

在郑燮故居吹春风

五十二岁了，诗句中还有鸟语花香
伟大的春天高于国家政治
院子里，飞着自作主张的柳絮。

尝试给弟弟写信：我家的穷亲戚
每户周济……几两春风
家中后庭，需挖个水塘，堆些石头。

长脚胡蜂掠过身子光滑的紫薇
——此刻没有正事，思想在无垠的宇宙闲逛
不觉给我的治所，添了两笔竹枝。

我所见的竹枝，在空中有所晃动
去年的花钵无意间长出三叶破铜钱
紧挨着它，旁边通泉草开出细小的花序。

中国的土地，总是生长自己并不需要的东西

然后有人发现它的价值。

阳光对阴影，闲暇对忙碌进行无用的医治。

软对硬，轻对重，短暂对永恒进行轻微止痛
我对我签字画押。
水中，会生出越来越多的荇菜。

双龙会

那日梦醒，我以为自己还活在人世
眼前闪过陌田与村舍
我以为我去会见写作《〈在桥上〉的作者龚宜高》的人
结果土地上无一人走动，而空中的鸟类成群结队
向寂寞家园返回
我大约在驶向中国南部，又似乎在远离伟大的皇都
文士、侠客、状元、宰相府，众多的河流
出现在泰州
——江山易色，这里已是远远落后于祖国阳春三月的花田
青蛙在池塘边跳跃，要和我讨论
美丽与拒绝。负担与深入。
暮霭与建树。
猪圈里关着自我膨胀的猪。桃花驿站中独坐着一名挥毫
且哭泣的叛国者
再往前走，月亮大而圆

隐名埋姓的女文青、花魁、巾帼英雄挤在华联广场

买九九折衣物

我临时充当起寻访龚宜高的诗歌作者

问他为什么在愚人节分道扬镳，为什么在长江以北洗涮

肮脏的笔墨，为什么

是一只青蛙与之进行身心交流，为什么

在不同的疾病中称朋友为黄鹤与树木，为什么在哀伤痛苦的

中心

身体可以独自快乐，为什么

土地可以将人物浮起，而尘世不经允许

不可无限沉沦

为什么每一世代中国的王都是孤家寡人，为什么

河流中分南北，丘山独占阴阳两界

为什么我问他，青蛙在夜里拼命叫喊：挂，刮，寡，剐

好像代替了他所有的回答

我不相信人人都经历这样的酷刑与处罚，转而转到陈堡镇

又于桥上站立——在古代，我可能是一名流云客

一会儿失魂落魄排列平仄诗句，一会儿

孤身一人，寻找自己的身影——

也许我可以承认，我是一个在多个时代里

失踪的人

游金诗二首

游金

女，重庆人，工作生活于杭州。

分土豆

端午过后，父母常常在瓦房里分土豆

个大的一堆，个小的一堆，不大不小的一堆

他们分坐两侧没有说话，三只簸箕并排在他们中间

土豆从他们手中画出一条低矮的抛物线

无数抛物线穿插着从早画到晚

父亲把装满簸箕的土豆倒在土豆堆上

我们姐弟三人，通过石头剪刀布悄悄瓜分了它们

我们暗自祈祷自己的那一堆堆得更高

当母亲在个小的堆里发现大土豆

责怪父亲挑拣时打了瞌睡，他们常常为此认真争吵

直到门外响起狗吠声，是收钱的人来了

我们姐弟知道父母将卖掉其中一堆

年年如此，我们中总有一个的心悬在嗓子眼

晚餐时，其中一人手捧着一碗土豆流下了眼泪

一个人

好了，现在我可以谈谈一个人。单数。在群居之中，每一个人仍会成为一个人。

在意见相左之后，在送别之后，或者在埋葬之后。每一个人仍会成为一个人。

某些时刻，突然找不到另一个人，每一个人仍会成为一个人。

那寂寞的妇女将是一个人，睿智的哲学家也将是。

新生的婴儿是，那拥抱着的情人也即将是。

一个人能拥有的，不是地上尘土，而是遥远的星辰。

一个人可以对着它们说话，那连接建立起来才将永远不朽。

在绝对孤独中，唯一可信任的，那目所不能及的深处。

每个人都能找到他灵魂的摇篮。那曾被遗忘的，它还在那里空着。

阿剑诗三首

阿剑

"70后"，浙江衢州人。中国化工作家协会会员，浙江省作家协会会员。诗歌、小说、散文作品曾发表于《诗歌月刊》《诗潮》《江南诗》《青年作家》等刊物，入选《70后中国汉诗年选》（2018卷）、《2018浙江散文精选》等选本。出版诗集《无见地》（合著）。

古田山

山静，有它癫狂时
这大火燃四省。这星辰满天坠落

死去，峰连绵成波，便有律动
不然此空谷为何有心在腔子里跳动？

恁大旷野，恁多星汉
恁底人间悲伤，便分星空一半，我一半

听课记：叶廷芳

八十年衢州音，混入 1912 年德国腔

穿雨衣的黑头发，在海那边，渐渐熬成东方白

记不起哪年，旧帝国雨靴叩击

鹅卵石大道

卡，卡，卡夫卡

那人用长盔甲的手，不停敲城堡的门，**K，K**

雨水中的长城

始终建造，始终垮掉

K，K。国王沉睡，大臣们各自狂欢

自由剧场的演出遍地展览

而会有一种言说，语音含糊，荒谬与现实握手言和

他写下那些失血的字；他用自己口音转述

同时私藏着自己南方陈酿的阳光

通驷桥

如此广阔，四匹马连夜赶往京城带回

免死金牌，新红妆，一首有罪的诗

如此狭窄，高于河水低于
流寇的火把，日本人投弹，官府规划
在姑蔑，我遇见桥上悠然走过的人
埠头洗衣裳的人，撑船穿行而过的人
沙滩上挖到铜钱的人
他们迂缓的脚步被另一人重重撂下
马匹无法追上的话语
那天我遇见了他
1999年宋桥炸毁书上签下名字的人
这么多年了，我选择原谅
河水，月光，他的衰老，选择不宽恕
河流两岸从此失孤的县城

公众号"杭州诗院"

审美殊异，气息相通。这个城市的生活和诗意，以诗群的形式呈现出多样性的时候，人们或会惊讶于诗之复杂和其作为载体的丰饶。因诗之名，我们遵从自己的召唤，然后，我们写下，我们中的多数人理所当然地拒绝大而无当，也理所当然地拒绝不符合自己的诗歌态度。这或许是每一个诗人诗歌美学指向的形成和根源。诗人气质的差异造成诗歌表现的多重性，诗歌的基础却依然存在。诗人的差异，更多是它指代一种视野和可能性，有点像诺贝尔文学奖获得者希尼所说的，深掘于自己的泉眼。在这个诗群中，对于个体的诗，我们不修正，也不轻视，我们对诗的每一种可能都带着鼓励和赞赏，但我们为诗设立了自己的门槛：它必须从我们的内心出发，然后，它有无数种方向。

李郁葱诗二首
李郁葱

1971年6月生于余姚，现居杭州。中国作家协会会员，1990年前后开始创作。文字见于各类杂志，出版有诗集《岁月之光》《醒来在秋天的早上》《此一时 彼一时》《浮世绘》《沙与树》，散文集《盛夏的低语》等多种。

愿望之一

并不多余的时间，我们
附生于怎样的黑？那么简单的

滑向，呵，油菜花开了

从朋友圈里你过滤了太多的风景

它们不请自来，举杯

把喧嚣倾入你紧锁的身体

郊野和远方从不展开

一小只飞蛾偷来太独特的幽火

它丈量了你：

若干重，若干的雾里看花

你有的它都有，教会你

浮生这一课，嬉戏和荒唐

你不忍心拍出，致命的逍遥游

在它秘密的双翅里

印着你不懂的千山万水，而它

早已脱身而去：

愿此生夜晚都淡蓝，肉体

都肉体，感受温度，美好的痉挛

向虚无的风交出虚无；愿

肉体飘荡，我的神出窍，它有尘埃的高度

愿夜晚都淡蓝，即使星空陡峭

而杯中的酒尚未溢出……

今日之诗

突然你抽身于此梦。梦
流动在你的脸上；夜色，流动在
你的脸上。今天。今天
也就是某一天，站在空之外
你摸了摸云，你摸了摸这花边
是什么压迫着你？像是在海边
我们倾听波浪的喧嚣：喧嚣
来自岩石，被拍打，被汇聚
像是迟钝的肉体，被清晨
另一具身体所唤醒。那些隐约的
那些在暗中的，让我们低下了头
但视线却更加广阔
我们在低处，这让我们知道
在梦中，我们抽身而出。

孙昌建诗二首

孙昌建

一级作家，中国作家协会会员，浙江省作家协会诗歌创作委员会主任，杭州市作家协会副主席。

渔光曲

如果不发生一点故事
那我们从沙滩上走过
也就白白浪费了海浪
还有那被风吹起的裙子

更远的更猛的正从海上赶来
我们喝了那么多的啤酒
却没有一点醉意的表情
反倒让那些醉蟹都爬回家了

涛声还在耳边，空旷的
是谁唱起了那个年代的歌
可是我连渔网也没有看到啊
网格里是一只只监控的眼睛

没有诗意啊，姑娘
穿着拖鞋跑也跑不快了

跑过三十年代的门口
是谁家的猫喵的一声

一直直盯盯地看着我们
好像两只老鼠要过街了
如果不发生一点故事
可是真的没有故事发生呀

天下第一关

在方格纸上写"天下"两个字
努尔哈赤练习了一千遍
就像风在北方吹了一万年
黄河也渐渐潦草了起来

可是铁骑是不怕绊马索的
在西高东低的呼啸中
到底是亲征还是垂帘
后来学会写"朕知道了"

涂国文诗二首
涂国文

中国文艺评论家协会会员，杭州市西湖区作家协会副主席。著有诗集、随笔集、中篇小说集、文学评论集、长篇小说等共8部，现供职于某高校杂志社。

城市鼹鼠

每当华灯初上，城市鼹鼠们
便纷纷从办公室或家的洞穴中窜出
钻进甲壳虫，或者闪进地铁
与过街地道，满城市觅食

在生活的河流里，酒徒们都是
一群泡沫
被冲刷到城市的各个角落
大街小巷，泛滥着酒徒的酡颜

远点，就看见佛

近看，是默默陪在身旁的亲人
在车头的操作台上打坐

远点，就看见佛
看见他倒骑着一座黄金山峦
看见他丢给我的一条朝觐之路

李利忠诗二首

李利忠

又名李庄，浙江建德人。著有《晒盐》《百年一瞬间》《是什么让我们嚎啕大哭》及《潮的人——百年来源自浙江的中国底气》等诗文集十余种，另有楹联百余副被国内各风景名胜区采用。

鸟

雾霾散去
我对着天空学了声黄鹂
天空报我以开阔的蓝
我又学了声布谷
天空报我以更高远的蓝
我停下来。我暂时还不会别的
更多的鸟的啼鸣

一　生

这攒动着梅花，攒动着荷花，攒动着桂子
桃花的西湖
洋溢的柔情让我沉醉
我愿用一生的光阴，在它们身旁挨挨挤挤
林逋与我擦肩而过，苏轼与我擦肩而过
郁达夫携王映霞，与我
擦肩而过

孔庆根诗二首

孔庆根

教师，诗人，西湖区作家协会副主席兼秘书长。现居杭州。出版诗集《睡前的萤火虫》。

垂　钓

一群人围着山脚的小湖
在深秋垂钓
白鹭停在高树上，扇动翅膀
他们没有下水
像往常，在湖中散步
捕食

云团遮住了阳光，山色沉郁
那些不安分的白点
如此醒目
像给树木戴上缟素的衣冠

多么熟悉的画面
哦，我们曾一次次这般告别

坐而论道

大伙儿摩拳擦掌

嘴唇翕动，细小的星星飞溅

整个屋子升腾

突然，一个急刹

某个要命的字眼

如一条昏睡的毒蛇

它就在脚跟

醒来，睁着闪电的眼睛

许春波诗二首
许春波

蒙古族，出生在内蒙古奈曼旗。中国少数民族作家协会会员，浙江省作家协会会员，杭州市书刊发行业协会会长。出版诗集《聆听》《指尖上的螺纹》《半个秋天》《去一个地方》《安静的冷》等。

光的退去，纸一样薄

见证了光的退去，纸一样薄
纷乱，煦暖
封面和封底，留着用旧的暗影
叶上的目光，亦慈祥和悦，修复祈愿

光有时很重，重得靠近大地
靠近真实的清晰
间或的信号，点缀了突兀的暗石
轨迹飘忽

把光洗净，用碎瓦盖上屋顶
我的躯壳，带着苦味
打凿几句湿漉漉的文字
晾干，码好
给光加固

视

野

最　后

原有的习惯，颠簸不定
包括燃香的左手，在固定的视野里
天空弯曲

看过去，以前的荒草日子如酒
朝一个方向流过去，边上的沟坎
盛满无限

灌木中蜿蜒的驿道，停满赛车
等发令枪的咳嗽。时间如此温暖光滑
被轮子碾动，随后湮灭

终点线不远的再远些
即是比较陡的悬崖，确实
不用排队

张小末诗二首

张小末

浙江省作家协会会员。著有诗集《生活的修辞学》《致某某》。

灯　塔

一个白色的点
一张版图上的缩影
一具被用旧的身体

在岛上。无数个白天
他静止，塔身落满锈迹
体内穿梭着风和鸟鸣

无数个夜晚，他点亮自己
那些用热爱和孤独积聚的光芒
投向平静或汹涌的洋面

这唯一可依赖的光啊
夜航船避开了暗礁
漩涡和即将来临的风暴

日复一日。每一个黎明之前
他忍受了那么多：
漫长的寂寞，美的遗址

与我们一样
经年积攒的无法言说——

暗蓝色的涌动之下
那更重的铁，更深的黑暗

雪

天真的雪
无辜的雪
着急赶路的雪
被风声掩盖的雪
在深夜悄无声息地落下
又消失的雪
洁白的雪
失语的雪
哭泣但听不见声音的雪
在巨大的谎言里挣扎的雪
无数的雪，纷纷赶来
落在人间
至少还有雪
落在人间
每一朵都无法避免
被弄脏的雪——

周小波诗二首

周小波

"60后"，浙江杭州人。浙江省作家协会会员，人民文学出版社《星河》大型新诗丛刊诗歌编辑。有长篇及中短篇小说发表，诗歌、散文散见于各大报刊。

偷　窥

普吉岛的夜
像生锈的旧锁一样沉静

无边泳池里落满星辰
我像躺在天的边缘
邻家穿白色三点的女孩，披着夜下了水
灯光阅读着半透明的性感
水融化了白色
在夜的角落，我成了一个偷窥秘密的人

我的脚在勾勒着裸体的样子
用水在雕刻

房子和桥

最舒服最柔软的地方
是人的心，你在你便是住客

一旦摔门离开屋子
空房子便会痛
或许会很快住进另一个人
或者干脆一直空着
长满灰尘

可，爱很窄
窄得像一条独木桥，你在桥上
别人便过不来
即使有人站着看风景
你也过不去

许志华诗三首

许志华

1971年12月出生于杭州双浦，诗歌爱好者。有部分作品发表于《诗歌现场》《诗林》《诗歌月刊》等。著有诗集《乡村书》，与人合著《禅意诗十家》。

蝴蝶的君王

它选择在群峰上飞行，以便把巨大斑斓的翅膀铺开，
它的国土是无尽的花园。

它选择这样死亡：用巨大斑斓的翅膀轻覆整个春天的疆域，
使众蝴蝶斑斓而它已杳然无迹。

冬　日

活得太累了
朋友——
有一天，太阳很好
你可以拖把椅子
坐到外头去
像我一样

晒晒面子
再把里子翻出来晒晒

所谓知音

我的贾岛兄弟，写两行诗
足足用了三年

在他的两行诗里
我又足足走了三年

千岛诗二首

千岛

本名吴祥丰，浙江淳安人。先后就读于中央民族大学、浙江大学。
作品发表于《诗刊》《诗潮》《青年文学》《十月》等。

冬天的千岛湖

船是她的纽扣，我对着船说
扣紧我的风寒
送走我后，再用一排大雁送我
母亲不会哭，她尘土般飞扬
固守个性，不服水土、烟火

送我回来时，盘山过后
摇摆的山路已经送走一个瘦弱的村子
老人丢弃了拐杖，误以为
春天是瞬间的事物
当年路过的窗前
梳妆的人为码头准备着妆容
唱一段吧
鱼群水袖里的曲调是我熟悉的么
我为此，把爱混进了戏里
唱着送别，唱着相思，唱着不如不相识

视
野

曲终之后，那散去的人
拿走台上的多少悲欢
整个后台，孤独四悬
我又坐回了自己的对面

火　柴

舞着小光亮
展开对黑夜的排挤
红色小森林在掌心停留

将白天据为己有
掌握在红色的头顶
一生只用一次

它不是我唯一的火炬
那个卖火柴的女孩也是
我们一起走进歌里
互相承担冬天

因此，故事有了光亮
我和她在梦里杜撰祖母
为记忆打上一针强心剂
我补全了亲情的一部分

缝合村子的伤口

窗外，雪让白天更白
雪，响在我的耳侧
让我的耳侧越来越白

公众号"垄上诗荟"

以"发现新诗、唤醒楚辞"为目标，推崇原创、首发，致力于在继承楚辞的"高古之音"的同时更深地挖掘新诗之美，引导市民融入读好诗、好读诗的良好氛围，逐步改善一座城市的文化生态。（组稿人：杨章池）

陵少诗一首
陵少

本名任善武，1974年生，湖北荆州人。客居北京。垄上花开文学沙龙创始人之一，中国自然资源作家协会驻会作家。

中　秋

打开月光
你取出桂花，泡茶

月亮在杯子里跳舞
多像那年
你跳的第一支华尔兹

它在你的胃里跳动
从西雅图跳到
你的小时候

你看到母亲坐在月亮里
抱着你哭

舒和平诗一首

舒和平

中国自然资源作家协会会员。曾在《诗歌月刊》《星星》《诗潮》《诗神》等报刊上发表诗作。出版诗集《在灵魂的窗口，放飞一只梦蝶》《沉默采集者》。

父与子

扛着锄头走着

乡村的阴影大于我的阴影

我和父亲并不靠近

就像小牛，不情愿地跟着老牛

犁铧暂时放下

种子比我们还卖力

一晌的忙碌后，父亲抽着呛人的

劣质烟，他以为

烟，可以填补生活的余地

我们在不可言说中

说着无獐打野的事

几朵云飘来，又众鸟飞去

时值冬日。这是我与父亲

最我们的一天

我的小九九，我身体里的小蹄子

以及，那挽留我
脚步的泪水，在我擦干的
时候，雪

就孤独地落了下来
我陪父亲喝光所有的酒
之后，独自离开
我知道，他在满世界找我
无论我在这里
还是那里

罗秋红诗一首

罗秋红

　　"60后"，中国诗歌学会会员，湖北省作家协会会员。作品发表于《诗选刊》《星星》《延河》《天津诗人》等刊物。作品收入多个年度诗歌选本。

胎　记

雪，是母亲锄柄上的胎记，
是她肩上的一担芦梗
是冬日暖阳下母亲佝偻着身子
把骨骼的盐烧成本分的底线
烧成慈悲心随处可见……
哦，昨天又下雪了。我看见母亲
站在梅花的芬芳里，佛颜素面
雪花的眼神与她的眼神高度一致
神照着她的黄昏与清晨
风中的冷被一把锄头的胎记隔开
一担芦梗义无反顾投入冬天格调
而我醒来后，退入尘埃
锄头的胎记也咳出玉壶冰心
而雪还在继续下。为下一个胎记
制造一个画圈。

杨章池诗二首

杨章池

1972 年生，祖籍广东兴宁，湖北松滋人。中国作家协会会员，湖北省作家协会第七届委员会委员，荆州市作家协会副主席。著有诗集《失去的界限》《小镇来信》。

小 寒

唱诗班彻夜的歌声降低了温度。
小雪，大雪都没有来的雪，开始下
就像花，开在我们认识之后
嬷嬷们吃惊地说，每一块瓦都盖住了

一句"小寒"，就能用声音
画出一个瘦姑娘：
她因为我迟来的温暖
而颤抖

雪，轻柔得像第一次来到你的家乡
世界也不得不重新敞开怀抱
贫贱如我，在茫茫大地
亦有一席。

夜过旧居

多宝庵路仍伸向庙宇的静，但中途被
"中原汽修"的店招截走：徽章
如恩典，照暖安心桥
柳条伸过来，搭我肩上
而月光白得像敌人。

语言的石板路看来已经治愈。
随小巷弧度，汉阳佬的口音节节败退
老街灯俯下关怀的脸：
护城河栏杆在加速折旧
蓝灯带，黄灯盏，一个故我，一个新我

小区空洞，铁门哐啷
它用记忆的开关取悦自己。
户户紧闭，漆黑。门对万达，城中村
将被新规划抹去：将来时就是过去时。
两千年的水声执着地，把"还在"这个词
扔给我。

寄居于此三季，昼伏夜出
我有时是僧，有时是黄鼠狼

有时是它的挥发，让早餐绕道

（那年难得冬晴，室外晒被，太阳下雾气蒸腾）

是我构成了它吗：那么慢，还能延时

我离开，它停止

哦，我饥饿的语法

哦，我的安眠药、镇痛剂。

一片月光漏出，带来舒缓

一声荒凉狗叫，如我当年深夜吞下寒食——

很多来不及，被新的来不及，冲走。

公众号"屏风诗刊"

"屏风诗刊"注重向低微处的事物学习，背靠汉语诗歌精神传统，始终保持对语言和生活的谦卑与敬意，以此获得生机活泼的原创力量。（组稿人：胡仁泽）

李龙炳诗二首
李龙炳

客家人，1969年生于四川成都。现居成都青白江乡下。著有诗集《奇迹》《李龙炳的诗》《乌云的乌托邦》。写诗，酿酒，偶尔出游。

一本书突然醒来

一本书突然醒来，
会不会伤害我？
它醒了的时候，
会不会是我最脆弱的时候？

一本书想杀死我，
可以厚得像红砖头，
我读过的砖头，
是否还能修复巴别塔？

一本书想杀死我，

只需动用一张薄薄的纸，

一张纸点燃就可以烧死我，

我是这个时代的易燃物。

一本书想杀死我，

只需动用纸上的一首诗，

每一个字的流弹都可以置我于死地，

因为我在诗的边境。

一本书突然醒来，

它也有人类的噩梦。

一本书最后成了我的情人，

书中的两粒子弹，有巧克力的味道。

在别处

一棵树在做我的梦

风的钥匙叮叮当当

每一片树叶

有尘埃，有伦理，有节制

蚂蚁的洞，我路过

这些古老部落的土著

它们追求公正和秩序

建立民间的乌托邦

更远的田野蜗牛回家

它们有交流的冲动

写作的冲动

敏感的触须有一个种族的湿润

星空压在井底，野兽穿过空气

在缓慢中赞美交配

如果不好玩

它们就退回我的伤口，放放火，发发电

河流改道，正好遇见我的肉

吃不完，又不愿

在一个圆圈里表演

唯有沉默堆的水高于青山

陈建诗二首

陈建

1974 年生，四川绵竹人。现居四川德阳。从事燃气轮机设计工作。1994 年开始诗歌写作练习，作品多发表于民刊。2015 年出版诗集《断常诗》。

水晶灯

我接受你，接受你亮出的你

……在模具的可能下

我接受环绕我们的明亮以及它更上游的历史

这种美好的行为

最终像英雄一样抵达正确的厌恶

犹如此刻，书桌上浸润着的缓慢傍晚

树木转向暗光的胶片

你恰当醒来，向事物回眸

并轻轻捧起洗脸的光

一些细小的风带来遥远的体味

仿佛仍在少女的床前彻底写诗，钨丝低于听觉的样子

泸中秋

那只月白得像剪纸
刚被高温过滤

在泸水、丽水、若水、神川的叠加处
在它和它的光合作用以外

这种眺望，值得用整个傍晚来等待
浩瀚试穿过的每一轮浑圆

而其他人无法完善这一点，除了秋天
它使珍贵变得更为易怒

最直接的铁证是耐心与修辞……
我喝起来像彩虹的第二种颜色

胡仁泽诗二首

胡仁泽

1966 年生于成都市金堂县。现居成都市青白江区。民间诗刊收集、研究者。主编《四川民间诗刊档案（1980—2018）》。

元通古镇的清晨

远方山黛隐于晨睡，没人指责
从客栈望去，汇江桥似乎没醒
木板一块挨着一块
睡姿始于嘉庆年
第二天又一块一块地醒来

桐油遮掩时月
黑漆捂严木纹的纵横
上游的姿态无从判别，风向无预料
当地人称呼直接：铁杆桥
像喊一个铁杆朋友

河水带红泥急奔
水与水之间看不出隔阂
清洁工开始第一轮巡视
小电动垃圾车吞掉落叶、鲜艳广告单
晨练者未推门，时间没有责备谁

戊戌笔记：读《说谎的人》

白天的光线擅长化妆术
补充唇边的两丝抖动
口沫做好道道填空题
光滑的平面可供欣赏

一些话在夜晚炉火中捶打、编织
可以刺痛老鼠的嫩黑皮
吱吱磨牙声，从精致的
红酒杯返回，夜浪从未停息

身边的大河卷走口水的琐碎
卷走手持气球的人，河水头也不回
两岸的树，像说谎的人低着看不清的头
白天，它们又迎着阳光高唱

黄啸诗二首

黄啸

1969年生，四川新都人。自印诗集《迟缓到静止》《圈养之地》。

日常性

总是将日常引向神秘，并寻找
一条形而上的秘径，比如奥利弗。

或者纠结于自身的旋涡，踌躇于
两个爱尔兰交叠的灰色地带。

如同昨天，饮马河平常的一天，
树枝向这儿传递着不祥的风。

树冠轻盈的蜂鸟——有一次，
直升机一样在一朵花上悬停——

我记得是翠绿的，却无法确认：
精致的水晶球脑袋，火花般警觉。

它们不安地跳动，跳动，跳动，
脚趾——仿佛蜇入了一根木刺。

我同样理解你的疏离与缺席，

而无须伏笔于焖燃的深喉。

只是，此刻，春光浩然，诗——
多么容易酿就浓稠的盛世之蜜。

客观性

即使"客观"牌相机，也拍不出
客观风景。另一个人已然拍下
同一棵树不同的命运：他斜视，
也许要斜身才能将世界看正。

诗更不可能，不管词语是否
降至零度。总有人火眼金睛——
对修辞而言：无，是为盛有。

如果你刚好站在树下，又刚好
被"客观"记录，命运也许正被
热汗淋漓的修辞描眉，这取决于
小便后，他是否有净手的德行。

噬心的平衡术：词语的，也是
诗的。某种程度更是气象学的——
我们让自己相信，连续五天二十度，
我们就成功攀上了初夏的云梯。

视
野

杨钊诗二首

杨钊

1986年生，籍贯甘肃会宁。现居新疆乌鲁木齐。著有《静物与河流》等6部诗集。《屏风》诗刊同人。

再见福克纳

他们清醒地疯了，
新奥尔巴尼城的贵族们。
百年来的地标倾塌，
透过一双比坚冰更冷的眼。
从虚构的家族中退化成
鼹鼠的皮囊纷纷出逃。
人们不再信任原本所信的。
"他是怎样的艺术家。"
在晨光、铁砧和栅门后，
"他第一个醒来，又是最后睡去。"
如果艾米丽小姐也有个人浪漫时代，
那颗巨大的头颅，
就先入为主进入视野；
凭着伴侣和孩子们的照看，
自由的骑士比每个人都强健。
"想想那真是一件悲伤往事。"
遍布在不同寻常的褶皱、分水岭，

只有啮齿兽类才会刻下的标记。
　"那是怎样一颗正直的良心，
在无休止的追踪后予以坦白。
众人仰观行走的地标，
从确信到怀疑相应包含着
同等完整的三段论。"
看上去的确如此。他胜利了。

相濡以沫

老妻扶着他下楼梯，
他戴着白手套认真擦净了
旋梯上的每一处扶手。
（虽然有点不情愿）
这截路，他们几乎用了一个时辰。
油黑细致的双鬓，
普鲁斯特礼节式的微笑。
那时的不可理解重现在此——
皮卡车是他们的通勤工具，
水磨沟是目的地或饱览后
余下的零星景观，从开始的倾轧
恻隐之心一点点扩散，
到后来的浑无知觉，
筋骨仿佛正脱离他们而去。

那广场会因一棵树的坚持
而改变城区的走向。
他们被抛落在广场一角，
腰背以下，空空如也——
滞留的甲虫攀附在青石路面，
他们是否又迎来新的跋涉？

张凤霞诗一首

张凤霞

1968 年生，居成都。著有诗集《秋天的果子》《字间距 行间居》，与人合著《青年诗人十人集》等。

盛　夏

到初秋，才敢动用这火急火燎的气象，
把大红、懒言、酷热移动，用一小勺安宁
将未言说的沉默，淋上些许激动，
给曾经烤焦的话，做心肺复苏。

你一再催促盛夏描述它的环行范围，
想听它说出沙滩、大海以及深蓝，
我却在逻辑上拐了一个弯，
体检报告显示心动过缓。

头晕、目眩、乏力是夏天的病症，
重复说"我爱你"，十次、百次、千次
还是不是良药？或许没人告诉你，
三个字有十一处病句。

来场大雨吧，再大风吹，
给直勾勾雨水刮骨，将它削尖了，

撬开坚硬的唇，把地裂嘴灌个服服帖帖。

人的心跳被加速，据说摇滚乐的节奏，
"让人一秒钟也无法忘记他正走向死亡"。
你看，夏天缓一步盛开，
对这样的方式，你可满意？

公众号 "卧底手记"

最初计划是将创办于 2011 年的诗歌民刊《南京我们的诗》迁往微信公众号，从而方便南京诗人交流，但后来扩展范围，致力于不分地域地发布青年诗人之作。到 2019 年底，又将公众号与大学课堂、诗歌教育相连接，致力于助推诗歌新势力。（组稿人：马号街）

丘新巧诗一首

丘新巧

1985 年生，现为上海师范大学副教授。著有《姿势的诗学：日常书写与书法的起源》。

悄无声息

又一次，看到对一位诗人的简介：
"生前寂寞，死后声望日隆。"
我像任何一个普通人那样发问，
他如此这般的写作究竟为何？

而不问这个问题的人，
又将如何给予他以慰藉。
天国，轮回，灵魂不朽
所有这些伟大的保证

视
野

都不能阻止愚蠢总是先于
智慧一步。智慧的星光
总是来得太慢，甚至无法抵达：
穿过茫茫黑夜的长庚星

已经无法在启明星的位置上
再次辨认出自己。但感谢这些
伟大的保证，让一个人的写作
最终安然于它的悄无声息。

那么愚蠢踏出的永远
只是第二步，并且，因寄身于喧闹
它是一种更加彻底的悄无声息。
右脚的闪电过后不可能是左脚的雷声。

不可能。

第五洋诗二首
第五洋

1987 年生于湖北荆门，毕业于武汉大学哲学系，现居广州。

杀手入门

不要丢三落四
每次行动之前
务必检查好装备
不到万不得已
别戴卡通面具
好看不好看
倒是其次
看着不严肃
也不要戴圆墨镜
脱了线的风衣
最好也别穿
不要经常和雇主
见面一起吃饭
也不要抢着买单
注意饮食保持身材
挺个大肚腩
算什么样子
最重要的是

千万不要

爱上你的

刺杀对象

爱情是很麻烦的

很多杀手都在

这件事上

栽过跟头

有关太宰治的五次自杀的笔记

第一次自杀

在昭和四年（1929）

那年他 20 岁

未遂

第二次自杀

在昭和五年（1930）

那年他 21 岁

和他一起殉情的

女招待田部阿滋弥死了

他被人救起

第三次自杀

在昭和十年（1935）

那年他 26 岁

他想在镰仓八幡宫自缢

结果绳子断了

第四次自杀

在昭和十二年（1937）

那年他 28 岁

他和妻子小山初代

相约自杀未成

第五次自杀

在昭和二十三年（1948）

那年他 39 岁

他和情人山崎富荣

身体相互捆绑投水

这次他终于成功了

谈骁诗二首
谈骁

1987 年生于湖北恩施，现居武汉。出版有诗集《以你之名》《涌向平静》。

百年归山

十年前，爷爷准备好了棺材

十年来，爷爷缝了寿衣，照了老人像

去年冬天，他选了一片松林

做他百年归山之地

松树茂盛，松针柔软

是理想的歇息地

需要他做的已经不多了

他的一生已经交代清楚

现在他养着一只羊，放羊去松树林边

偶尔砍柴烧炭，柴是松树林的栗树和枞树

小羊长大了，松树林里

只剩下松树，爷爷还矫健地活着

村里有红白喜事，他去坐席

遇到的都是熟悉的人

他邀请他们参加他的葬礼

新湖畔诗选（五）沉默就是枯名

军大衣

爷爷去世那晚，
父亲披着守夜的军大衣，
是建房子那年，
旧衣物中父亲唯一留下的军大衣；
小时候，我们入睡后父亲为我们
加盖的军大衣；三十年前，我来到世上，
父亲顶着风雪回家时包裹我的军大衣。

谢永琪诗一首

谢永琪

字思榲，1999 年 6 月生于湖北襄阳，暂居长沙。

描　冬

描一幅冬景要做些什么？

先牵来一阵北风

摇落银杏和枫叶

金黄与橘红点染两笔即可

枯了一个秋季的荷

只需几滴墨与清水勾勒

明夏再慷慨地予她翠绿嫣红

该腾出空白给南去的大雁

让黑、白、蓝三种羽色

有序地排列组合

嘘，调色时要小声些

别惊动了梧桐枝上的两只喜鹊

它们觅食归来，相互依偎

不像小路上的那对情侣

因为寒冷，连牵手的环节都省去

各自插进羽绒服的口袋里

最后在寝室的铁门前依依不舍

"什么时候开始画？"

"我已经画完了啊！"

"可这明明是张白纸。"

因为后来下了场雪

大地便白茫茫一片

谢世姣诗一首

谢世姣

1999 年 12 月生于湖南常德，现居长沙。

病　床

我靠在你的臂弯里
宛如飘落的花瓣枕于河床
你微弱的鼻息
像来自热带的海风
在梦里，将我的帆吹离港湾

茶几将墨蓝的夜融入自己的身体
人们将问候与怜悯装在嘴里
好在见面时抖落出来

你像一件泛白的花衬衫
平摊在床上
痛苦在你脸上折叠
用线绞成时间的爬索
希望换得一次生命的赦免

推门关门，吱呀吱呀
绝望长着手指

药物与细胞展开斗争
一红一蓝
动静两条脉搏流散到脚边
低下头，此刻
无神论者信上帝

视
野

公众号"金蔷薇诗刊"

立足于江南，聚集了一批真诚热爱诗歌的作者，他们热爱生活，用心创作，丰富精神文化生活。诗歌是一个人的内心世界的映象。在文学的殿堂里，金蔷薇一直盛开着，并且会越来越芬芳。（组稿人：海地）

海地诗二首
海地

浙江省作家协会会员。作品发表于《诗刊》《星星》《诗选刊》《浙江诗人》《参花》等刊物，并入选各类精选集、年选集。著有诗集《被击落的飞鸟》。

听 琴

在古寺上香礼佛
厢房里飘出古琴声
出家人的琴声浸润着禅意
那个下午我心宁静

在一炷香的时光里
陶醉在这琴声中
我看不见弹琴的师傅
抬头看见一朵淡淡的云

曲 折

——致阿霞

阿霞，你沿着小路走来
那些男生在喊你
我也是，只是声音很轻

我不知道，你是否走向我
而我走向你，手里有一束花
你却走向一条更曲折的小路

阿霞，我希望
你在那路口，背靠一棵树
等我，等我走过曲折的时光
那些凌乱的步伐，那些
在心房里不安宁的心跳

箫鸣诗一首

箫鸣

中国散文诗学会会员。曾任某央企文艺刊物编辑。诗歌散见于《文学报》《诗潮》《上海诗人》《中国诗歌》《诗歌报》《解放日报》等报刊。出版诗集《钢蓝色的光芒》。

山水居

盘坐于一片树叶
拈几粒鸟鸣
与青山对弈

或让一组往事
飞鸟衔来
与时光晤谈

也可枕石听泉
偶见野兔
灌木丛一跃而过

住在凉亭里的人
最爱听风
抚一曲高山流水

高鸿文诗一首

高鸿文

上海普陀区作家协会会员，在《解放日报》《文学报》《上海诗人》等报刊上发表诗作数百首，诗作入选数十种诗集。

风吹麦浪

我站在麦地的中央
那些麦芒，射出的光芒
刺痛了眼睛

麦地的天空，蓝色的
这是世界留给人类跪地
忏悔，最干净的地方

我要捡起每一根掉落的
麦穗，去掂量
它的痛楚

请风把田野上飞过的
鸟雀，赶走，在麦地里
我一无所求

沈秋伟诗二首
沈秋伟

浙江湖州人，现居杭州。全国公安文联诗歌分会副主席。职业警察，喜习诗。

方舱和方舟

打字，用五笔
一打方舱这个单词
方舟二字总抢去风头
它们原是同一类动物
区别不过是，方舟鳃呼吸
方舱已进化到用肺呼吸

早年，挪亚邀我进入他的方舟
不知经历了几劫几世
也记不起出舟那天
太阳有没有笑容
自己是飞禽还是走兽

今天，我在武汉的方舱外
看出舱的人喜上眉梢
庆幸自己多赚了一场人生
我是否也曾这样

离开方舟的那一刻
舟外的爱恨情仇已被洪水卷走

樱花开了

樱花开了
我心荡漾

谁能帮我办一张门票
去珞珈山上会一会
前世情人

谁能给我一把斧子
替这个春天
打开枷锁

谁能给我一团烈火
烧了病毒的冠子
让我胸中的悲悯
化成春水
就算自作多情
也一定要流向长江

苏建平诗二首
苏建平

"70后"，诗人，作家。现居浙江嘉善。诗歌和小说发表在《江南诗》《诗潮》《诗歌月刊》《扬子江诗刊》《上海诗人》等刊物上。出版诗集《一个人的奥义书》《黑与白》。

在泰州梅园

——梅园主人即梅兰芳

我行走在你已不再存在的空间里
一如你行走在我尚未存在的世界上

但我仍听到你仿佛活着时的声音
那是你提前捕捉的未来我们的声音

在世事离乱和植物长青之中
这个声音无尽地繁殖它的家族

那几乎是你对我们最好的告诫——
将一副喉咙化为独立存在的生命

在泰州桃园

——桃园主人即孔尚任，著有《桃花扇》

临着一条大河，如此僻静
此地适合落魄书生隐居

著书。那时必定没有栈道
路都由泥泞构成

灯火只用烛火。一座简陋的陈庵
仿佛身上的穷衣裳

也无开花结果的桃花。桃花
经由黑色的墨，开在了宣纸上

一个男人和一个女人的故事
那老掉牙的故事。你这书生

竟将一堆烂棉花重新弹奏
重新栽种到污泥地里

仿佛要给这个污泥浊世
赌徒一般，重重一击

视
野

公众号"婺江文学"

风度南宋，雅正婺州。品读情真意切、格调典雅的文学作品。

（组稿人：南蛮玉）

张瑞明诗一首
张瑞明

浙江金华人。旅行笔者，纯文学平台"婺江文学"微信公众号创办人。

雪西湖

大漠里的孤烟不弯

悠扬的羌笛锁不住岁月的痕迹

那年的琵琶弹不出十面埋伏

听它的时候，尽是弦下江南

雪下的湖心小舟有毳衣围炉

岸边的舞剑者脚下有一个太极图

亭中琴台上的纤手狂抚

是否，人醉了西湖？

书几旁的白发老夫狼毫尽挥

整个临安都是王、黄、米、苏

南蛮玉诗一首

南蛮玉

浙江金华人。著有诗集《水的手语》、散文集《白鸟》、诗画集《青鸟有信》。

马褂木

聚合果中的小坚果具翅，是两个小人儿在击剑
你一剑，我一剑，那些金黄的小马褂
就一片一片落了。落在水岸
落在没有归舟的远山

凭着树形认出一棵陌生的树
类似蒙着眼认出一个久别的人
岁月薄雾挂在泡桐树上，乌桕树上
蓝天下，巨石有巨石的象形

在彼人笔下的山水间悠游
写诗耽误了看花，山那边的马褂木
春衫薄，秋山空
冬天的雪落于白云的走神

伊有喜诗一首

伊有喜

浙江金华人。著有诗集《最近我肯定好好活着》。作品入选《浙江先锋诗歌》《浙江诗典》等选本，获第四届中国诗歌·突围年度诗人奖（2011）。

在玉泉寺想起我的母亲

在玉泉寺观音阁
我看见一位年轻的妈妈带着儿子叩拜——
这一拜，就是他们的人间

这多么像我们在千手观音前的祈福
两鬓斑白 我依然眷恋这纷扰的人世

大慈大悲的观世音菩萨啊
作为凡夫俗子 我愿意——
你是心地善良又好看的女子

我愿意承认——
送我来到这人世的，就是我的观音

吴警兵诗一首

吴警兵

浙江省作家协会会员,金华市磐安县作家协会主席。诗文发表在《诗歌月刊》《绿风》《中国诗人》等刊物上,著有诗集《春天开始的地方》《无风不起浪》。

一个人的山谷

剔除所有附着之物
山脊线,充满野心

商陆、五味子与野鸦椿
都深知等待

倒立的湖飘忽不定
风,已伤痕累累

我们善于用想象囚禁自己
所有的活法,仅仅是一种活法

内心的孤独早已无法抗拒
犹如这一谷满满的空旷

视野

冷盈袖诗一首
冷盈袖

又名骨与朵，浙江金华武义人。诗作发表在《诗刊》《诗选刊》《诗歌月刊》《星星诗刊》等刊物上，并入选各种选本。著有诗集《暗香》、随笔集《闲花抄》。

黄　昏

雨一直下
从旧年下到新年

我每天由东走向西
迎着流水回家，如果有斜阳更好

平静中的绝望
属于我们所有人

树木被冬天留在岸边
河上有许多桥

我通常由长安桥去到另一边
有时是栖霞桥

黄昏这么好
细雨里，柳树落尽了它的叶

章锦水诗一首

章锦水

字樵隐，1966年生，浙江金华永康人。中国作家协会会员，金华市作家协会副主席。著有诗集《大和谐》《大地游走》，主编《石鼓留声文丛》等。

雨中当湖

——与友拜谒弘一法师

细雨微风。吹皱当湖水面，
一张巨大的漪纹宣纸，轻轻飘动。
从何时铺开？又待何人濡毫？

可以取魏碑之意，可以构大篆之形。
可以风花雪月，可以铁马秋风。
可以绘繁华世相，可以书落叶黄昏。

一个足踏莲花的方外人，
布衣芒鞋，形销骨立。
深陷的眼神有一种苍茫。
背手伫岸，铁线的胡须直戳脚下大地。

浮尘中有多少知音？今宵别梦寒彻骨。
一曲《送别》，怎能隔绝凡俗的深情。

长亭外，是残月如钩。

且借丹青竹笔，为枯灯画幅孤影。
七瓣莲花上，聚集众生漂泊无定的灵魂，
蘸清寂之墨，唤作纸上皈依。

大道至简。锋芒磨去，尘世抹去，
山中的日子亦一笔抹去。
谁能看破圆寂之时的悲欣交集。

陈星光诗一首

陈星光

原名陈光，1972 年生，浙江金华永康人。中国作家协会会员。诗歌作品发表在《诗刊》《诗选刊》《星星诗刊》《江南》等刊物上，著有诗集《月光走动》《浮生》。

月光走动

月光走动，像大海慢慢翻身，
风在吹送。

月光走过遥远时空，一页页浩繁卷册，
看见了太多不可能。
平静，像冷却的心。

月光抹去失意的泪，
给他安慰。
月光拍拍得意的脸，
让他安静。

森林飘着她绿色的披风。
河流流着她浓浓的悲悯。

视

野

村庄枕着她的手臂入梦。

这样的夜，一个人醒着，
他想像月光一样走过每个角落，
暂时离开城市的街灯。

杜剑诗一首

杜剑

一个爱诗与摄影的检察官，现居浙江永康。著有诗歌摄影集《原乡》
《流浪高原的眼睛》。

樟树林

我想象的李慕白与玉娇龙

在樟树林打斗的场景里

绝世轻功无非是鸟退化了的一支羽毛

鸟无非是练就凌波微步的独孤求败

青冥剑无非是用一片叶子的虚空

斩落另一片叶子的虚无

所谓的"滴翠谷"

无非是一棵树和一万棵树的区别

无非是把浅薄的无病呻吟

演绎成了旷世的爱恨情仇

红朵诗一首
红朵
—

原名贾冠妃，"70后"。金华市作家协会会员、中国诗歌学会会员。作品发表在《诗歌周刊》《中国新诗》《诗选刊》等刊物上，出版《中国诗人印象》诗歌合集。

与己书

这盛着无数骸骨、果实、谷物的皮囊
越来越沉，有一日也会弃我而去
要瘦些，譬如一道闪电
不至于让外面的亲人持香久等
被郑重地端上来——最后一道大餐

肉身的小舟载浮载沉
灵魂的红杏岂敢旁逸斜出
揣着这件易碎品，机械地劳作
仅剩的汁液，将似湿漉漉的床单一样被拧干

到世间来，所为为何
滑进黑夜深处，一粒种子在春天里睁开眼
不过是正好萌发，踩着二十四个节气启动一轮轮的程序

种子引爆的时刻，豆荚炸裂
肉身有涯，原谅我在人间犯下的错

陈全洪诗一首
陈全洪

笔名洪尘，1971年生，金华东阳人。曾获西柏坡散文奖，有诗作入选《浙江诗人十年精选（2008—2017）》。

无　常

隐约的担忧
让我心怀虔诚

是重帘不卷留香
是古砚微凹聚墨

无雨，山果也落
无灯，草虫也鸣

公众号"诗盟"

画水歌山的东阳，风清月明的夜晚，我们结成东阳新诗盟。我们知晓虽是上天的安排，却是辗转了三生，离殇了半世。我们坚信虽是风中的草木，却是尘世的思考，人间的圆满。关注我们，关注诗歌。我们的宗旨是：一路上我们修篱种菊。（组稿人：二胡）

二胡诗一首
二胡
——

本名胡才高，"60后"，浙江东阳人。东阳市作家协会副主席，东阳市民间艺术家协会常务副主席。近些年有诗作在《文学港》《星星》等刊物上发表。出版有诗集《迷蝴蝶》。

在湖边

暗黑的湖边我和一只鸟等待着
它等粮食冲破冰面
我等一条围巾缠上我的脖子

寡居的日子里车站也寡居
这只鸟不再去想哪里来去哪里
寒冷冰封了春暖花开和落叶遍地

而我还在想十多年前遇到的水井

一桶水洗净尘土
水是卷着一本书笑靥忧伤的山里的天空

这湖边啊
零度以下是沉沦多年欲望惨烈的我
零度以上是一只鸟，无欲无求

兮木诗一首
兮木

"80后"，浙江东阳人。业余写诗，有诗发表于《诗潮》《浙江诗人》《星河》等刊物。

阳　春

应该可以找到，愿意逃亡的花朵
风带着灼热的唇，我带着它们

应该有一条通向另一世界的小路
台阶上闪着灿烂金光

石头垒成谁的家园？
苔藓温软，土豆花安静、喜悦

剪蕨菜的姑娘，紧紧
挨着阳光。像挨着爱情

她看见一个人的笑容，落在梨花林
荡开一圈圈涟漪

陈益林诗一首

陈益林

语文教师，浙江省东阳中学"惕吾文学院"执行院长。出版有诗文集《雅典娜与缪斯的二重奏》、散文随笔集《堂奥》、诗集《风向不定》等。

翰墨温度

无人工喷雨造雪的年代
诗文与笔墨如胶似漆
你的情，独钟汝阳刘毛笔
你的手，也擅铺采摘文
自个笔墨流淌自作诗文
笔，是你的血管
墨，是你的血液
《丧乱帖》中的欹侧奇宕
你郁愤的熔浆四处奔突
兰亭的天朗气清蕙风美酒
全化为心灵的舞蹈
《兰亭集序》，遒媚飘逸
让千年后的读者观者
诵之齿颊生香
抚之手间生温
《快雪时晴帖》，寥寥二十八字
尺幅娇小，情韵深长

官场的俗累一解

自然的机趣陡长

心手合一弹唱的琴曲

让时空悠扬了多少日月星光

在砌一座假山

和移走一座真山同样容易的今天

翰墨的温度日渐冷却

重金打造的羊毫狼毫兼毫

赛宝一样铺排的纸墨砚

戏台上的戏子永远演绎别人的故事

而今的文房四宝

合奏的总是他人的心声

执我之笔而舞

握我之印而钤

立在纸上的总是

古人的诗文楹联

新婚之期，我的马车载来

别人的新娘

思亲心切，我的船儿

接来的是他人的娘亲

心不温，墨就硬，纸即冷

我，为中国的书法招魂

陈剑诗一首
陈剑

男，"70后"，浙江东阳人。园林工程师，东阳市作家协会理事。
偶有作品发表。

挺　好

面对这棵六十厘米粗

因根部积水而死的

香樟树

程亮在电话里

捶胸顿足

越说越气愤

甚至把他的仇人和朋友

都扯进来

末了，转悲为喜

他告诉我

"树已成材

我也计划好了

请人打一把椅子

和一张床

白天椅子上喝喝茶

晚上床上做做美梦"

胡永清诗一首
胡永清

"70后"，浙江东阳人。IT工程师，中国诗歌学会会员，中华诗词学会会员，东阳市作家协会副主席，东阳市诗词楹联学会会长。诗文见于《黄河文学》《星星》《牡丹》等报刊。著有诗集《清明时节》。

生风之笠

临摹一个老农，在乡间
拾柴割草，戴一个很大的斗笠
汗珠子里埋着烈日
镰刀的刀刃下，亮着秋暑

被高温阻击，连草都蔫成神经病
没有风，三步之内都是火
当烦躁值升至 40 度
斗笠，便是最后抵挡的铠甲

写一个"风"字贴在前额
手执斗笠，做芭蕉扇之状
我看见树叶欢呼，高温败退
连白云，都退回到更远的家园

人到中年，每一垄耕过的地
全是祈愿的年轮
当我劳累、颓废和擦汗
斗笠，便是我停驻的凭依

吴国才诗一首
吴国才

"70后"，浙江东阳人。有新诗和古诗在报刊上发表。

温暖的时光不会落单

把每一个微笑
投进水洼，反射阳光的温暖
悄悄涤去人世的尘垢

一步一个脚印
每一个脚印都印着诗的纹路
风花雪月，鸟兽虫鱼
呼之欲出

不管你喜不喜欢
我的文字都会向你靠近
冒着被你鄙夷的危险

一如山上的百灵
总在寒冷的冬夜歌唱春天

只要我的手指还会跳动
无论在哪个地方
在白天或黑夜

附录　99 个诗歌公众号、相关说明以及其他

刘蕙晟

一

微信公众平台 2012 年 8 月 23 日正式上线，曾用名为"官号平台"和"媒体平台"。

最近我花了几天时间，搜集整理了 200 多个诗歌公众号，没有细数。在这些公众号中，我又做了筛选，挑出 99 个，按上线时间排列，其清单如下：

"诗歌精"（Upoetry），2012 年 12 月 17 日。（2016 年 8 月 27 日由"诗歌精选"改名为"诗歌精"。）

韩庆成："诗歌周刊"（zgsgzk），2013 年 1 月 3 日。

北岛、芒克："今天文学"（TodayLiterary），2013 年 3 月 7 日。

范致行："读首诗再睡觉"（dushoushizaishuijiao），2013 年 3 月 11 日。

《诗刊》社："诗刊社"（shikan1957），2013 年 3 月 26 日。

顾北、巴客："反克诗歌"（FKpoetry2009），2013 年 5 月 6 日。

"在复旦写诗"（fdshishe），2013 年 5 月 27 日。

伊沙："新世纪诗典"（xinshijishidian），2013 年 8 月 3 日。

杨略："我爱新诗"（i-poem），2013 年 8 月 3 日。

厦门柔刚文化艺术有限公司："柔刚诗歌奖"（Rougang-8964），2013 年 11 月 24 日。

娜仁琪琪格："诗歌风赏"（shigefengshang），2014年1月4日。

成都白夜文化传播有限责任公司："白夜谭"（baiye_98），2014年2月13日。

春树："春树ChunSue"（ChunSue1），2014年2月22日。（2016年12月10日由"阅后即焚"改名为"春树ChunSue"）

"同济诗社"（tjpoetry），2014年3月22日。

橡皮（北京）文化有限公司："橡皮文学奖"（xiangpishige），2014年4月4日。

北京诗探索文化传媒有限公司："诗探索"（shitansuo），2014年6月12日。

玄武："小众"（xiaozhong_xuanwu），2014年5月8日。

陶春、刘泽球："存在诗刊"（cunzsk），2014年5月12日。（2017年2月7日由"cunzaishikan"改名为"存在诗刊"。）

北京大学五四文学社："五四文学社"（wusipoem），2014年5月28日。

广州时刻文化传播有限公司："诗歌岛"（Poetryisland），2014年7月16日

西安小镇的诗文化传媒有限公司："小镇的诗"（xzds1224），2014年7月20日。

长江诗歌出版中心："长江诗歌出版中心"（cjpoetry），2014年8月6日。

"诗歌"（poetryart），2014年8月24日。

"浪淘石文学社"（langtaoshi1982），2014年9月27日。

黄灿然："黄灿然小站"（huangcanranstation），2014年11月9日。

吴常青："水仙花诗刊"（shuixianhua_sg），2014年11月13日。

"外国诗歌精选"（wgsgjx），2014年11月26日。

王寅："灰光灯"（limelight07），2014 年 12 月 5 日。

上海民生现代美术馆："诗歌来到美术馆"（mspoetry），2014 年 9 月 29 日。

息为、王立扬、许仁浩："十一月"（whunovember），2014 年 12 月 22 日。

"女诗人"（zgnvshiren），2015 年 2 月 4 日。

"杜若之歌"（DDZSGYJYCB），2015 年 2 月 6 日。（2017 年 4 月 23 日由"东荡子诗歌研究与传播"改名为"杜若之歌"。）

沙丽娜、淘灵草："新汉诗"（xinhanshi2000），2015 年 3 月 9 日。

赵卫峰："诗歌杂志"（pm_sgzz），2015 年 3 月 14 日。

"招隐"（Sto_pociech），2015 年 3 月 16 日。

章治萍："诗家园"（sjy_zzp_2002），2015 年 3 月 25 日。

"Lost Stars"（poemsrain），2015 年 4 月 9 日。（2016 年 10 月 4 日由"当诗遇见歌"改名为"猎手的星星牧场"，2017 年 9 月 4 日改名为"读首诗再上班"，2019 年 1 月 9 日改名为"在猎户星座下"，2019 年 12 月 14 日改名为"Lost Starss"，2020 年 2 月 9 日改名为"Lost Stars"。）

远洋："欣赏现代诗"（apollowyy），2015 年 4 月 22 日。

中国作家出版集团："中国诗歌网"（CNshige），2015 年 4 月 24 日。

"新诗歌"（PoetsHeart），2015 年 4 月 26 日。（2018 年 1 月 24 日由"我想做个诗人"改名为"新诗歌"。）

孙文波："大岭古"（sunwenbodexin1956），2015 年 5 月 14 日。（2018 年 5 月 28 日由"洞背村"改名为"大岭古"。）

仲诗文："诗同仁"（zkshige），2015 年 5 月 16 日。

安琪、康城："第三说诗歌"（gh_36ba19102f3b），2015 年 5

月 22 日。

陈客："诗客"（iam-shike），2015 年 6 月 6 日。

"诗歌翻译"（poetrytrans），2015 年 7 月 26 日。（2016 年 8 月 23 日由"译诗"改名为"诗歌翻译"，2017 年 7 月 14 日改名为"诗译社"，2017 年 9 月 16 日改名为"诗歌翻译"。）

张执浩："撞身取暖"（wuhan-zzh），2015 年 8 月 6 日。

"诗麦芒"（shimaimang23），2015 年 8 月 15 日。

易杉："圭臬诗刊"（yjb19641213），2015 年 9 月 2 日。

"重唱诗社"（njuchongchang），2015 年 9 月 6 日。

木郎："颓荡写作"（tuidang2015），2015 年 9 月 8 日。（2016 年 8 月 31 日由"读首诗再困觉"改名为"你国"，2018 年 4 月 1 日改名为"颓荡写作"。）

扬子江杂志社："扬子江诗刊"（yzjshikan），2015 年 9 月 30 日。

"垄上诗荟"（longshangsh），2015 年 10 月 15 日。

"亲爱的张枣"（dearzhangzhao），2015 年 10 月 21 日。

许春夏、卢山、北鱼："新湖畔诗选"（poetry0809），2015 年 11 月 17 日。（2018 年 11 月 1 日由"诗青年"改名"新湖畔诗选"。）

"诗国星空"（sgxk666666），2015 年 11 月 28 日。

草树："月湖北"（gh_03751fbc81ee），2015 年 12 月 13 日。（2019 年 6 月 19 日由"月湖北"改名为"湖畔诗语"，2019 年 12 月 19 日改名为"月湖北"。）

广州鱼木数码科技有限公司："诗歌与人"（papbook），2015 年 12 月 28 日。

蒋志武："诗魔方"（gh_e32f553912b2），2015 年 12 月 30 日。（2017 年 4 月 13 日由"蒋志武诗歌"改名为"受命的铁钉"，2017 年 4 月 14 日改名为"诗魔方"。）

梁晓明："当代先锋诗人北回归线"（xfbeihuiguixian），2015年12月18日。

周瑟瑟："卡丘杂志"（kaqiuzazhi），2015年12月24日。

长江文艺出版社有限公司："诗歌音像馆"（mediapoetry），2016年1月1日。

"诗历"（gh_d7239459a4e1），2016年1月12日。

晓音："女子诗报"（nzsb1988），2016年1月25日。（2017年1月14日由"女子诗报诗歌联展台"改名为"千年罂粟"，2017年11月6日改名为"佳人乱世之女诗人的星空"，2018年1月2日改名为"女子诗报"。）

宫白云："诗赏读"（gbyshisangdu），2016年1月30日。

笑程、何兮："零度诗刊社"（lingdu20110604），2016年2月25日。

"元知"（miniyuans），2016年3月7日。

晓松："诗黎明"（gh_ed131a925215），2016年3月8日。

雪鹰："长淮诗典"（chsd998），2016年3月31日。

"诗影像馆"（shiyingxiangguan），2016年4月7日。（2016年11月29日由"荷尔蒙"改名为"诗歌世界杂志社"，2019年3月9日改名为"诗影像馆"。）

北京磨铁图书有限公司："磨铁读诗会"（motiepoems），2016年4月8日。

易巧军："现代诗歌站"（yqjy-9735），2016年5月2日。（2016年12月1日由"诗荒者"改名为"现代诗歌站"。）

"诗草堂"（poem_ct），2016年5月15日。（2016年10月31日由"草堂Cao Tang"改名为"诗草堂"。）

窗户："送信的人走了"（ch372936253），2016年5月24日。

阳子："天读民居书院"（yzdhtd1993），2016 年 5 月 24 日。

汪抒："抵达 dida"（didashikan2008），2016 年 6 月 3 日。

"天天诗历"（tiantianshili），2016 年 6 月 14 日。

王敖："AoAcademy"（AoAcademy），2016 年 6 月 20 日。

王单单："王单单和他的朋友们"（wangdandan19821120），2016 年 7 月 19 日。

眺望 Z: "诗出无名"（shiwuming666），2016 年 7 月 28 日。（2018 年 5 月 1 日由"好久不见了文艺"改名为"诗出无名"。）

深圳市龙华新区零零年代文化工作室（姜馨贺、姜二嫚）："AA 糖 00 后"（AAT8088），2016 年 8 月 27 日。

龙俊："低诗歌"（chdpoem），2016 年 12 月 5 日。（2016 年 12 月 2 日由"新低诗歌"改名为"低诗潮"，2017 年改名为"低诗歌诗刊"，2018 年 7 月 9 日改名为"低诗歌"。）

巫昂："宿写作中心"（suwriting），2017 年 2 月 13 日。

林宗龙："诗的城市计划"（useless_fun），2017 年 2 月 22 日。（2017 年 2 月 14 日由"无用文艺"改名为"象工坊"，2017 年 6 月 8 日改名为"诗的城市计划"。）

"浙江诗人"（zhejiangshiren），2017 年 3 月 30 日。（2017 年 3 月 30 日由"诗浙江"改名为"小酒群"，2017 年 4 月 17 日改名为"浙江诗人"。）

王恩荣："诗眼睛"（ZhongGysyp），2017 年 3 月 8 日。

"唐刚诗歌奖"（TGSGJ2018），2017 年 4 月 24 日。

湖北长江云电波兄妹文化传播有限公司："遇见好诗歌"（gh_6626fa8cd1e4），2017 年 3 月 7 日。

朵渔："追蝴蝶"（zhui_hudie），2017 年 5 月 30 日。（2019 年 6 月 12 日由"追蝴蝶"改名为"朵渔工作室"，2019 年 6 月 14

日改名为"追蝴蝶"。)

北京小众雅集文化传媒有限公司:"小众雅集"(PoeticBooks),2017年6月29日。

李元胜:"无限事"(li2garden),2017年11月12日。

高鹤轩:"鹤轩的世界"(yatou70-),2017年12月21日。(2018年3月17日由"阳光开在左岸"改名为"鹤轩hexuan",2018年3月20日改名为"鹤轩的世界"。)

杨炼:"幸存者诗刊"(shiyixingcun),2018年1月20日。(2018年1月29日由"诗意幸存者"改名为"幸存者诗刊"。)

陆岸:"一见之地"(oneview1),2018年1月31日。(2018年8月15日由"一见之地"改名为"浙诗在线",2018年8月21日改名为"一见之地"。)

马号街:"卧底手记"(wodishicong),2018年2月25日。

杨小滨:"诗广场"(sgc-2015),2018年4月24日。

"复旦诗藏中心"(fudanshicang),2018年4月10日。

许正先:"工人诗歌"(gh_fd4afd65da48),2018年8月6日。

卓尔书店(武汉)有限公司:"卓尔诗歌书店"(zrsgsd),2019年1月1日。

温州市洞头区文学艺术界联合会:"海岸线诗歌"(gh_0db858a5c375),2019年7月12日。

二

相对于全国的诗歌公众号,我所搜集的200多个公众号还是太少,但暂时也没办法。我咨询过不少诗友,但大家往往没法提供太多意见。诗人会接触一些公众号,但不会大范围、有意识地去统计。而研究诗歌与新媒介关系的学者,似乎也没有这样做。他们更多依靠的是一个混沌的前提和几个常见常提的公众号，并且可能先在地以为，自媒体时代这种搜寻没有意义，毕竟泥沙俱下，诗歌公众号实在太多。我本来想筛选出100个，最终还是放弃了。100似乎代表完满，但显然我的工作不是，所以空出1个，表示有待继续考察和完善。

那么，何以纳入视野的此公众号保留，彼公众号丢掉？这里面当然有随意、偏见、私心和朋友关系的成分，但也不全是。反思自己的处理，似乎也有那么一点原则，尽管是极为有限的。这原则并非一开始就被我设定，而是在不断的取舍比较中逐步形成。而之前我有所拟想的标准，也多半在这个过程中或修改，或淘汰了。

最基础的一条原则是兼顾，即兼顾各种类型。起初，我是不打算收纳官方公众号的，也想站在所谓民间的立场。但民间的立场并不应该是只关注非官方。恰好我们注意到，不少民间的实际也很官方，甚至比官方还官方。一些诗人在官方平台倒是能尽可能克服限制，做些切实而令人尊敬的工作。官方和民间处在对抗、借鉴、互动、渗透等复杂关系中。放弃官方这个维度，民间也难以考察。起初，我也不打算收入那些封面或排版不太美观的公众号。诗人作为艺术家是敏感的，也敏感于美与丑。连基本的形式感也没有，怎么写作？但后来我有限度地放弃了这样的想法，毕竟从公众号使用和运营的角度考察诗歌，就意味着不仅仅关于诗歌文本，也不仅仅关于公众号外观。这些来自五湖四海，又生活在五湖四海的爱好者，在种种制约下，拉着一杆或几杆枪，长期维系着一个公众号的运转，其中有一股倔强、韧劲、野性。我爱这样的脾性。他们的公众号，有的封面长期重复使用一张图片，而且是难看的图片。有的用的是原创诗人的肖像，但常常不去考虑照片的质量，不去考虑这张照片在手机端的呈现。比如，我注意到，部分公众号的封面人像实在放置得很随意，经常只有半张脸，或者根本没有脸，只露出一截不知是谁的身体，比例也不对，背景又粗糙，像素也不够，让人一看就不想点进去。但实际上，这样的公众号也有一拨人在看。而一旦点进去，内文的排版设计也远远达不到赏心悦目的标准。这也不是运营者不用心、不尽力，情况可能恰恰相反，这群热情此道者很用心、很用力，只是他们的审美观念、技术手段、设计能力束缚了他们。而这恰恰也是诗歌生态之一种。

所以，可以看到这个清单包括了很多类型：官方的，民间的；正规公司运营的，高校社团运营的，社会群团运营的，个人运营的；名家的，无闻者的；前辈宿儒的，年轻后生的；以女性诗歌为主的，以外国诗歌、诗歌翻译为主的，以口语诗为主的，以身体性、情欲性写作为主的，以工人诗歌为主的，以诗歌奖为主的，以纪念某位诗人为主的。像"复旦诗藏中心"，尽管上线时间不长，发稿也少，但代表着一种类型、一个方向，值得格外关注，故也专门列入。我清楚这份清单中少了两三个代表，一是中国古代诗词。我也找过一些，后来发现似乎都缺点意思，终于未采。二是诗歌节。相关公众号其实是不少的，比如"北京诗歌节""武汉诗歌节""杜甫国际诗歌节""诗歌节"等等。但诗歌节往往和诗歌奖连在一起，同属文学制度的一部分，所以用"二刚"诗歌奖（设立已近30年、影响较大的柔刚诗歌奖和设立才几年、影响相对有限的唐刚诗歌奖）代表这个大类。三是童诗。原清单也曾将"新童诗"（xtongshi，2016年5月4日）列入，但最终还是撤去了。99个公众号，也可以视作少一个中国传统诗歌，或者诗歌节，或者童诗之类的公众号吧。

在尽可能涉及各种类型的基础上，同类或相近的，则尽可能突出代表性。人们对被代表很警惕、很厌恶，但很多领域又无法全部考察，只能通过部分说明整体。代表与被代表，实际涉及人的局限性。与其简单否定和厌恶"代表性"，还不如认真理解使用者是在何种意义上使用该词。这里的代表性涉及上线时间、使用方式、文本质量、纯粹性、设计感、发稿量、影响力等多种因素。不能说具有代表性的公众号是所有因素的综合，但其往往综合了两个以上的因素。比如，在官方公众号中，清单列入了"扬子江诗刊""诗草堂"，而没有收入"诗潮""诗歌月刊"。从纸刊的角度讲，不能说后两者办得不好，但从公众号运营的角度，后两者显然不及前两者。"诗潮"几乎只是将公众号当作纸刊目录的发布，根本没有意识到也没有去释放公众号的潜能和价值。在"诗潮"这里，公众号只是纸刊的点缀，没有成为一个与纸刊并驾齐驱的独立平台。"诗歌月刊"则有过多关于国家节日的纪念。而"扬子江诗刊"则将公众号作为一个品牌运营，其意义和纸刊的运营一样。可以注意到，"扬子江诗刊""诗草堂"的上线时间早于"诗潮""诗歌月刊"，更别提比"扬子江诗刊""诗草堂"更早的"诗刊社"了。同样是官方诗刊，上线更早的显然更早接触新媒介，也更敏感。其摸索时间更长，相应也更容易积累经验，形成传统和风格。上线晚的刊物带着被裹挟的被动属性：各刊都在使用，也不得不用。这种不主动的消极态度，使得"诗潮"没有站在其他刊物已经达到的意识水平和技术水平基础上，利用后发优势，探索新媒介的使用空间。"诗潮"是在低于那个意识水平的位置简单使用公众号。它在上线时间上晚于"扬子江诗刊"，但对公众号的处理方式证明，它所处的阶段实际上还在上一个阶段。不能说作为诗人的"诗潮"主编、编辑比"扬子江诗刊"的主编、编辑逊色，但作为一份刊物的推动者，他们在新媒介的运营上无疑是落在后面了，尽管这份官刊每期目录的阅读量也不低，在5000上下。再比如说口语诗以至口水诗，伊沙是旋涡中心的一位人物，其影响力可以从很多角度考察。公众号便是其中之一。

在泛览过的公众号中，我发现不少都是伊沙一路，或是弟子关系，或是亲近此风，比如左右的"左右诗歌馆"、李锋的"李锋评诗"、常遇春的"诗歌日记"、张明宇的"诗锚"、彭晓杨的"诗选"等等。所以，就用伊沙的"新世纪诗典"代表了整个这一路数，尽管它们有差异。

再比如说民间力量推动的公众号，清单收入韩庆成主编的"诗歌周刊"，没有收入成都野牛主编的"诗网刊"。后者上线时间是2013年3月26日，只比"诗歌周刊"晚两个月。它和"诗歌周刊"一样，同属最早上线的一批公众号，而且一直坚持到现在，这是不容易的。还有一点，它和"诗歌周刊"同属排版不美观的一类。何以一个列入，一个未列入呢？一是因为"诗歌周刊"似乎排版略美观一些。二是影响也似乎更大一些。三是我把"今天文学"作为一个非常重要的坐标。在我搜集整理的过程中，很长时间内，"今天文学"都是最早成立且坚持到当下的公众号。这值得留意。民刊《今天》代表朦胧诗的崛起，在中国新诗史上的地位自不待言。它代表的民刊精神、反抗气质，今天依然是民间诗歌的精神遗产。它带给那批诗人的文学红利，今天也还用之不尽。《今天》代表着民间力量对官方掌控的纸质媒介的介入。从媒介的角度，《今天》代表着对媒介空间的挑战和竞争。官方对意识形态的控制和垄断，是以垄断媒介作为标志的。也就是说，《今天》的反抗意义不仅仅是内容上的，不仅仅是"卑鄙是卑鄙者的通行证／高尚是高尚者的墓志铭"这样的内容——这两句诗在最近的新型冠状病毒肺炎疫情时期被媒体四处引用、广泛传播，足见朦胧诗一代的生命能量；而且也是媒介上的。媒介就是话语权。媒介挑战就是对话语权的挑战。但是几乎没有人特别注意到，卷土重来的"今天"竟然是新媒介时代即微信自媒体时代的先锋。在民刊与微信之间，实际上还有一个网站、论坛时代。它更多代表的是"70后""85前"的崛起。这个时期的《今天》是沉寂的。它进驻论坛时已经是诗歌论坛的后期，其论坛前几年也已关停。但是，在网络的发展过程中，《今天》又一次找到了新生的契机。没有几个人看过《今天》的纸刊，但大家看得到它的公众号。纸刊存在的价值主要是一个，即保存价值。具体包括两个层面，一是相对于阅读价值而言。纸媒的第一价值已经从阅读价值移步到保存价值。二是相对于信息流失而言。特别是微信公众号的敏感词设置，让许多内容迅速不见，一些公众号还难逃被封的命运。我记得前段时间一组名为《这位武汉方舱医院护士的诗，令赞美变得羞耻》的组诗，在发布之后不到一个小时便遭删除。留下的不过是"此内容因违规无法查看"，还有个红色的圆和圆中白森森的惊叹号。疫情时期，大量公众号发布的疫情诗都被查封。"404"成了一个特别而流行的数字。卢山有首诗叫《对不起，你被删除了》，正是这个时代语境下的产物。在此背景下，纸质民刊不但不会死亡，反而成为为数不多的保存真相、火种、另一种声音的飞地。

民刊《今天》以公众号"今天文学"的形式出现，特别是以最早上线且持续更新至今的公众号的面目出现，在我看来是诗歌史的又一个重要事件。而终于有两个公众号将这一统计打破。一个是"诗歌精"，一个是"诗歌周刊"。"诗歌精"并非特别有影响力的公众号，而且在2019年5月30日暂时停止更新。但因为它是目前进入我视野的最早的公众号（在微信公众号正式上线后的第3个月上线），所以将其列入。"诗歌周刊"则是第二个先于"今天文学"出现的诗歌公众号，当前依然在更新，保持着顽强的生命力，当然也该列入。而"诗歌网"则在"今天文学"之后，一方面不足以破除"今天文学"的第一位置，另一方面又总以粗糙的形式编排。它自谓先锋，推出并自夸的不过是杨黎的《打炮》之类。其价值倾向也是明白无疑的。

与其列"诗歌网",不如列杨黎主推的"橡皮文学奖"。后者也是这种价值导向,出现时间也不晚,编排更美观,影响也更大。因此,更有代表性的是杨黎的"橡皮文学奖"。

再比如说名家的公众号,清单列了张执浩的"撞身取暖"、黄灿然的"黄灿然小站"、王寅的"灰光灯"、孙文波的"大岭古"等。而开设公众号的名家实际远多于此,比如陈先发的"陈诗三百首"(2014年1月30日)、陈东东的"见山书斋"(2014年11月13日)、王家新的"未来北方的河流"(2016年10月7日)等等。公众号"撞身取暖"一方面是张执浩个人诗歌、文字的发布平台,另一方面他则将平台作为一种诗歌气候的生成来管理。它与《汉诗》、相关群体相互支持,影响很大。黄灿然公众号的功能近于张执浩,但因为号主的翻译家身份,则"别求新声于异邦",介绍了不少域外资源。王寅的公众号更新也较频繁。他本人是摄影家,其公众号在形式上也有美感。很奇怪,自谓摄影家的宋醉发所办的"诗歌的脸",经常发布他个人拍摄的诗人肖像,但在公众号上,却很难见出他的艺术家特质。他的公众号布局实在是太一般了。孙文波的公众号则纯粹用于个人文字的保存,而且更新比较频繁。他在《洞背夜宴》的后记中说:"最近两年,我的写作呈井喷之势,竟达到了一年的作品可以编出一本诗集的程度。"这种井喷是否也与频繁更新的公众号内容的刺激及他对公众号的特别在意有一定关系呢?他没有说,但可能也不是全然无关。陈先发、陈东东、王家新一方面同于孙文波,主要是将公众号用于个人作品和相关文字的展示,界面也是美观的,但只是发稿频率不高,所以没有列入。

此外,主要推动者涉及相同一人的,清单尽量撤掉一些。比如北岛,与他密切相关的公众号有"今天文学""国际诗歌之夜""此刻在天涯"。而且每个公众号都具有特色和影响力,但最终被保留的是"今天文学",尽管"此刻在天涯"才是北岛更个人的公众号。再如安琪,与"第三说诗歌"关系密切,也和"丑石诗刊"有关系(似乎创办时和谢宜兴一起,但后来主要由谢宜兴推动,也就是有所分化),所以就没有列她的个人号"极地之境"(gh_a653b7ea1590,2015年6月29日)。而实际上,"极地之境"是安琪更个人的公众号,诗文的更新频率也高于"第三说诗歌""丑石诗刊"。从某种程度讲,"极地之境"可以替换掉"丑石诗刊",不但是因为它办得更有活力,而且因为它上线时间更早,但我最终还是舍弃了。当然,还有些列入的公众号可能和同类型的其他公众号差不多,谁也不能够具有更高的代表性。选谁都困难,就抓阄决定了。这种情况在不少地域性公众号中比较常见。

三

面对当代诗歌一度的颓势,张德明在《网络诗歌研究》中称:"是网络拯救了处于颓废之中的中国新诗。"而网络作为现代技术的产物,又随着技术的发展和人们生活的需要而演进。新诗的主要载体相应而变,从网刊、网站、论坛到博客、微博,再到微信、微信公众号。之前活跃的诗歌论坛、诗歌网站,多数已经消失、沉寂、停滞。诗生活、中国诗歌网这种还保持活力的网站,不过是大浪淘沙后少数的例外。博客同样如此。曾经热闹一时的博客,有许多最后一次更新已经是很多年前的事情,估计不少博主已经忘记了登录密码。即便突然想到去看看,可能也是作为游客的身份,并不会登录后台。重临这份经营过的已然陌生的园地,怀揣的多半也是一份怀古的情绪了吧?它已经荒芜得太久,诗人却并不会发出"田园将芜胡不归"的感叹,因为他们找到了更好的生存地。而这种媒介的更替不是简单地取代,而是整合中更迭。学者罗小凤在《论新媒体对新诗"第二生存空间"的开拓和建构》（《社会科学》2018年第8期）一文中称："微信显然是综合网站、论坛、博客、微博的几乎所有优势，并规避了这些平台的弊端和缺陷，更适合诗歌的生存，因而成为当下诗歌最重要的传播渠道和生存空间。"

所以可以看到，曾经经历民刊、论坛、网站的诗人，在微信时代重新开始了一次集体大迁徙，所不同的只是时间的先后罢了。之前提到的《今天》不过是这个大迁徙中的一员。当然还可以再列些其他成员。晓音等推动的《女子诗报》是创办于1988年12月的一份民间刊物，地点西昌，"一直秉承着'女诗人写，女诗人编'的办刊理念"，"是中国当代诗歌史上第一个女性诗歌群体"。这样一份有着鲜明特点、长久历程的民刊，其同名公众号则在2016年1月25日上线。《北回归线》也创办于1988年12月，主推者是杭州的梁晓明、孟浪、刘翔等。该刊也是中国当代新诗史上鼎鼎有名的存在。如果说《今天》《他们》《非非》属于第一梯队，《北回归线》则处在第二梯队之列。《北回归线》在2003年建立网站，2006年推出网刊。这段时期也正属于网站、网刊、论坛的活跃期，可以说是应时而动。而在2015年12月18日，其公众号"当代先锋诗人北回归线"也正式上线。该公众号直到当下也还保持着旺盛的生命力。《丑石》是一份在福建很有影响力的民刊，创办于1985年，比《女子诗报》《北回归线》还早，主推者是谢宜兴、安琪等，2003年开通网站。2018年2月17日，其公众号也正式上线。安琪、谢宜兴还在2000年创办民刊《第三说》，以及与之匹配的"第三说论坛"。该论坛刚创办时叫作"甜卡车论坛"。而在2015年5月22日，则上线了公众号"第三说诗歌"。2001年，小鱼儿（于怀玉）创办网站"诗歌报"。这是一个影响很大的诗歌网站。在论述网络诗歌的时候，它常常会被提及。2016年5月小鱼儿在上海浦东图书馆与梭罗对谈时提到，余秀华成名前也曾活跃于该网，并因"常常有过激的举动，导致网站版主不胜其扰，甚至封杀过她"。"诗歌报"网站可追溯的前身是 1986 年推出"中国诗坛：1986'现代诗群体大展"的《诗歌报》："2001 年，恰好安徽的《诗歌报》办刊遇到困难。这时候，网络开始兴起，网上有不少诗歌发表，诗人很活跃。我们想这是个机会，'诗歌报'网站可谓应运而生。"（见《诗歌报网站中国网络诗坛版主黄埔军校校长小鱼儿专访》）。而推动这个诗歌网站异军突起并坚持至今的小鱼儿，则在 2015 年 4 月 9 日正式上线同名公众号。青海章治萍主编的《诗家园》2002 年 7 月创刊，2008 年开通"诗家园"网站。2015 年 2 月"因空间提供商硬盘损坏而内容不幸尽失"，于是"网站不再续办……而改办《诗家园》微刊"（见《关于我们——诗家园》，"诗家园"公众号 2015 年 3 月 25 日）。其实，不少论坛、网刊也遇到过类似情况，最后导致整个诗群的网上活动痕迹荡然无存。而这也再次证明，纸刊依然具有暂时难以被完全替代的价值。当然，即使提供商完好保存了资料，按照网络发展大势，《诗家园》开通公众号也是大概率事件。网站事故只不过是将时间提前了而已。2008 年，汪抒主编的民刊《抵达》创刊于合肥，2016 年 6 月 3 日公众号正式上线，一直保持着很高的更新频率。类似或从民刊、或从网站迁移成为公众号的，还有"诗江湖""反克""屏风""湍流""奔腾""现代汉诗""长江诗歌""诗歌文摘"等等。"80 后"诗人窗户并未创办网站、论坛，但曾经活跃其上，并成为"诗生活"论坛的版主。他在 2016 年 5 月 24 日上线了公众号"送信的人走了"。（出自《窗户：送信的人走了，留下我》）这个公众号后来办得很有口碑。而像杨炼这样为人所知的当代诗人，则在 2018 年 1 月 20 日与朋友推出公众号"幸存者诗刊"，也想借此平台卷土重来。也就是说，无论是知名诗人，还是无闻诗人，

新湖畔诗选（五）沉默就是枯名

无论是民刊群体，还是网络群体，当然也包括官刊，无论是生活于发达东部的诗人，还是活动在欠发达西部的诗人，都不约而同地奔向同一块领地。

由于对许多诗人、诗群而言，这是带着历史包袱的迁徙，所以，这些民刊、网站往往会在公众号的上线号或前几期讲述前史。比如公众号"女子诗报"上线号为《女子诗报诗歌联展开台啦》，主要任务便是自述纸质《女子诗报》历史，包括创办时间、地点、人物、宗旨、影响等等。公众号"屏风诗刊"的上线号（2016年9月11日）为《〈屏风〉创刊记》，记述的也是民刊《屏风》的创刊时间（2005年7月）、主要成员（彦龙、黄啸、易杉、李龙炳、胡仁泽）、地点（成都市）等等。诸多公众号尽皆如此。这种历史印迹对部分主编和群体形成了束缚。尽管他们已经在使用新的媒介，但他们的运营思维还是传统的办报、办刊、办网站思维。《女子诗报》同名微信公众号上线后的很多期，都是旧刊的目录。这也无可厚非，毕竟它的历史长，出刊多，对于保存资料、帮人查询有利。之后则是一些过去的回顾。这也是可以的。但是，在新公众号的向前运营上，则明显活力不足。公众号不是作为这份刊物的转机和新生，反而像是它的末路，一个回光返照。《诗潮》仅仅把公众号作为目录发布平台，可以看到它的自傲，似乎不屑于这样一个平台，但其实这也是旧思维，从中倒可以看到它的故步自封、裹足不前。它仅仅是一个索引，宣告背后存在一个高贵的纸刊，读者爱买不买、爱看不看。但即使表现得如此高贵，它也不能忽视公众号的存在和能量，也得俯首借它传播自己的目录页。与其停留在放不下身段实际上又已经有所低头的地步，还不如大胆地由索引层面进入公众号运营的内容层面。公众号"诗歌报""诗江湖"则沿袭了各自的论坛模式，繁杂啰唆的界面，让人提不起兴致。"诗江湖"公众号的内文，重复出现的"延伸阅读"条目和作者简介，经常比诗歌文本还长。手机界面实际上非常有限，微信应该集中于更核心的部分。论坛混杂着各路诗人，诗歌、留言的版式常常并不讲究，带着良莠不齐的喧嚣和狂欢特征。再加上物力等因素，部分论坛的界面是粗糙的。现在阅读"诗歌报"网站的界面，除了专门寻找历史踪迹的学者和带着怀旧情结的旧成员还会点击阅览，大概不会对年轻诗人有太多吸引力。而这种论坛式版式，实际上深重地进入了公众号"诗歌报"。所以，不能简单地将进入公众号视为新生。如果没有进入新媒介思维，没有去探索和激发新媒介的潜能，没有将这种潜能和优质的内容结合起来，相应的公众号注定是没有前路的。而办得出色的诗歌公众号，则意味着新的崛起。

四

对于老一代诗人而言，他们的活动、展示平台已经由纸刊、网站、论坛、博客、微博转向微信、微信公众号。而新一代诗人则没有这种转向。他们直接将这个平台作为起点，就像曾经的诗人将民刊、官媒作为起点一样。新旧两股力量皆汇聚于此。微信公众号可以说是当下诗歌平台中最富有生机的部分。不少公众号很快集聚了大量关注者。"诗同仁"2015年6月发布上线号。而在2016年6月，主编仲诗文便称，关注者已经有一万多名。（见《诗人仲诗文创"诗同仁"，所推荐的惠州诗歌获国内诗歌界好评》）而"为你读诗"公众号（2013年6月1日上线），各期的阅读量动辄"10万+"。涉及诗歌公众号的评论文章常常都会提到"为你读诗"，不过，所列的99个公众号还是没有把它列入。之所以如此，是觉得它有时有些杂，纯粹性不够，但从公众号运营、传播学的角度则完全应该列入。公众号不仅关于用户（一方面是读者，一方面是听众。而且可以注意到，音频市场热度在不断上升中。诗歌和声音结合，会产生更强的能量。公众号本身就是一种融媒体，诗歌本身不只是可读的，也是可听的。纸刊和论坛实际上只是发展着可读的维度，延续的是纸媒对传统诗歌行吟性的压制，而微信实际上是视听的融合，让诗歌的行吟特质以另一种方式复活），不仅关于运营，也关于诗人的创作。比如它对诗人创作的重新激发。李不嫁早年进行诗歌写作，中间似有中断，最近几年又"归来"了。其诗质量很高，尽管在官刊也有发表，但并不频繁，他最活跃的地方是网络，更准确讲是微信公众号。仅以 2019 年为例，他的诗在近百个公众号发表，而且常常有着不错的阅读量。也许官刊编辑还在忽略、无视这种现象和影响，但这不过是自大的盲目罢了。而这种不断的发表，实际上对李不嫁的主体性是一个不断的刺激，推动他开足马力不断写作。出于他敏感的身份和诗歌的立场，在官刊上发表和出版都没有太好的前景，因此他也分外珍视这样一个对所有人开放的平台，意欲以诗歌质量从万千诗歌中脱颖而出。尽管不能说公众号是推动李不嫁写作的唯一因素，甚至也未必是最主要的因素，但不能忽略这个因素的巨大作用。再比如微信作为视听融合的媒介，其实是在重新呼吁视听结合的诗歌，而不是那种只重视读而忽略听的诗歌，也就是那些天书般晦涩，并且所谓献给极少数的写作。诗歌不是面向大多数，也不是面向极少数，而是向每个人开放。

关于诗歌公众号所具有的活跃度，仅仅看一看当下各公众号发布的抗疫诗便一目了然。相应地，诗人也成为疫情期间发声最为活跃的群体之一。对诗人而言，这是一个最方便快捷的场域。对运营者而言，这是一个需要不断探索的领地。同样地，对研究者而言，这也是一个值得深挖的矿藏。但显然，一方面是公众号的极度活跃，另一方面却是诗歌出版界的不作为和诗歌批评界的迟钝。诗歌出版界还没有正视我们身处其中的浪潮。他们的眼光还停留在上一个媒介阶段。比如对民刊就已经越来越重视。它的选本是不少的，既有类似于张清华主编的《中国当代民间诗歌地理》这样的著作，也有《中国诗歌》历年推出的民刊选本，一些官方刊物也时不时推出民刊诗群，甚至也有资金支持大学收藏民刊，与民刊收藏家合作。但目前似乎还没有诗歌刊物推出以公众号为单位的诗歌群体，也没有一本正式的诗歌公众号选本出版。选本没有推出，本身也证明着批评界的迟钝，因为选本本身就包含着批评意识、批评眼光。围绕微信公众号推出的集子，也不是没有，比如自称"国内首部微信诗歌讨论文集"的《打铁》。不过，这个集子推出的只是公众号"新汉诗"上的文本，而不兼及其他公众号，因此难说是一个公众号诗歌的选本。而致力于研究新媒介与诗歌关系的学者，也没有系统地去整理究竟有多少公众号（比如依靠大数据支撑），有哪些公众号（至少是最有代表性的那一批次），相应公众号的推动者、活动群体、运作模式、发展历程、与线下的关系、与诗歌发表的关系、与诗歌写作的关系、与诗人成名的关系等等。不少研究还只是关于媒介本身的宽泛的宏论。当然这也不是没有意义。我们知道，所有公众号的使用先在地包含在媒介技术的设定和潜能当中，所以整体地研究这种媒介有其价值，但在研究诗歌时，不能仅仅停留于此，因为这些公众号究竟是如何释放平台的潜能，又究竟利用这些潜能走到何方，则是不清晰的。它必须落实到具体的考察中，形成上游与下游、整体与个案的互动。而这是目前中国当代诗歌研究没有真正推进的。

　　而在此背景下，全国第一本诗歌公众号选本应运而生了。它也许不是非常完善，却极富意义，开启了我们观望和切入中国当代诗歌生态的一道门。也许，很快就会有一堆人来到这个门口，认真领略那缤纷广阔的世界。因此，了解这个选本的产生过程是必要而有意义的。这本公众号诗歌选集的推动主体，本身就是诗歌公众号，即"新湖畔诗选"，主编许春夏、卢山。也就是说，推动方本身即在诗歌公众号运营的第一线，是在切切实实的诗歌现场。但这个选题也不是一下子明确的，而是经过主编提议、编委商量和主编最后拍定三个阶段。在2019年12月24日前，第一主编许春夏提议第五期应该侧重于网络，从全国公众号中选些作品。12月24日，编委们在两位主编的基本共识上进行了讨论，一致的意见是网络诗选有些宽泛，应该再缩小范围、集中焦点。大家的讨论是有成效的，到12月25日，范围便确定在公众号诗歌选本上。12月27日，第二主编卢山便在群内发布了《〈新湖畔诗选〉第五期策划方案》，通过书面稿的形式将第五期的定位、栏目、分工加以清晰化。中间又经商量调整，12月30日，卢山在群内发布《〈新湖畔诗选〉（总第5期）面向全国诗歌公众号征稿》。编委又做了修改讨论。2020年1月1日，"新湖畔诗选"公众号正式向全国发布《〈新湖畔诗选〉（公众号特辑）面向全国征稿》。整个选题从提议到确定再到发布全国，只用了一个星期，显示了这个群体的团结、实干和高效。本集中的不少公众号也都是从征集中选出来的。全国有如此多的诗歌公众号，办得有声有色的也不少，但没有一家公众号产生了这种整体意识，相应地，也没有一家公众号超出自身的范围去推出这样一个选本。这使得"新湖畔诗选"从平均化的成百上千的诗歌公众号和诗歌推动方中脱颖而出，在中国当代新诗史上有了它独特的位置。

刘惠晟，原名刘德胜，蜀人，文学博士，现工作于长沙大学影视艺术与文化传播学院。此文系长沙大学人才引进科研基金项目"中国当代诗歌与摄影关系研究"（编号：60800-99163）阶段性成果。